P9-DFT-759

ATRISCO HERITAGE ACAD #576
35769100342970
SP F EUD
Aislados

Aislados

Aislados

Cecilia Eudave

Argentina – Chile – Colombia – España
Estados Unidos – México – Perú – Uruguay – Venezuela

Aislados
ISBN: 978-607-7480-12-9
1ª edición: Noviembre de 2015

© 2015 *by* Irma Cecilia Eudave Robles
© 2015 *by* Ediciones Urano, S.A.U.
Aribau, 142, pral.-08036 Barcelona
www.edicionesurano.com

Ediciones Urano México, S.A. de C.V.
Av. Insurgentes Sur 1722, 3er piso. Col. Florida
México, D.F. 01030. México.
www.edicionesuranomexico.com

Directora de la colección Puck Mix: Verónica Flores
Coordinación y fotocomposición: Joel Dehesa
Fotografía de portada: © Nathan Lau/Design Pics/Corbis

Reservados todos los derechos. Queda rigurosamente prohibida, sin la autorización escrita de los titulares del *Copyright*, bajo las sanciones establecidas en las leyes, la reproducción parcial o total de esta obra por cualquier medio o procedimiento, incluidos la reprografía y el tratamiento informático, así como la distribución de ejemplares mediante alquiler o préstamo público.

Todos los nombres, personajes, lugares y acontecimientos de esta novela son producto de la imaginación del autor, o son empleados como entes de ficción. Cualquier semejanza con personas vivas o fallecidas es mera coincidencia.

Impreso por Metrocolor de México, S.A. de C.V.
Rafael Sesma Huerta 17, Parque Industrial FINSA,
El Marqués, Querétaro, Qro., 76246
Impreso en México – *Printed in México*

A mi madre
porque es eco en mi memoria

Primera parte

El sentimiento apocalíptico de la vida
Fernando Pessoa

—¿Cómo que se te perdió tu madre?

—Lo siento, papá. Te juro que estaba a mi lado y luego ya no.

—¿Llamaste a la policía?

—Sí, ya están aquí y quieren hablar contigo.

—¿Dónde está la inútil de tu hermana?

—Ya viene, le hablé… pero a ella no le tocaba pasearla hoy, no fue su culpa.

—Uno no puede confiarles nada, son unos… Pásame al policía.

—Dice que vengas, que esto no se arregla por teléfono.

—¿Seguro que no anda por ahí? ¿Ya buscaste bien?

—Tengo dos horas buscándola. Desapareció.

—No desapareció, la perdiste. Voy para allá. ¿Dónde estás?

—En el parque… Papá…

Armando colgó abruptamente, tomó su saco y se excusó en la oficina. Su jefe inmediato le preguntó cuál era la urgencia, un asunto familiar, dijo, así, casual, a pesar de que se le notaba un agobio que demolía todo a su paso. No iba a confesarle que su hijo había extraviado a su esposa. Él siempre tan discreto con su vida privada, y más ahora que su mujer había enfermado e iba en un declive inminente y acelerado. "¿Por qué, Laura, por qué se te ocurrió enfermarte?", como si enfermarse fuera una ocurrencia. Así lo pensó mientras golpeaba con fuerza el volante del auto antes de arrancar para encontrarse con los eventos desafortunados de esa tarde.

Mientras manejaba recordó lo planeada que tenía su vida, iba a ser perfecta, tenía todo para serlo: dos hijos estupendos —ahora unos inútiles— y una esposa maravillosa —ahora una calamidad a la que no puede dejar de prestarle atención—. ¿En qué momento la tragedia se instaló en su vida? Alguien debió decirle —aunque él no escucha nunca, pues siempre está absorto en su oficina, trabajando— que la tragedia es como la humedad. Sí, llega despacio tras haberse filtrado por los cimientos más firmes. El primer síntoma es apenas perceptible e intentamos taparlo con el ojo distraído mientras va creciendo aquello, tragándose las paredes y nuestro ánimo. Sin embargo, no ponemos remedio inmediatamente, es como si nos gustara estar ahí observando cómo se va devorando lo ajeno, lo que creemos nuestro. No es miedo, es desidia. Toda tragedia se agranda por la desidia hasta que finalmente estamos invadidos de hongos, olores y pestilencia. Aunque así no lo vio Armando, ni sus hijos Pedro y Sara, mucho menos Laura que ya había sido abordada periféricamente por eventos desafortunados; su memoria estaba siendo vaciada, quedaba poco de ella.

¿Ella detonó la tragedia? No, eso le iba a pasar, era inevitable, estaba destinada a olvidarlo todo, era algo genético: esa ruleta china que dispara y a veces acierta cuando menos queremos que dé en el blanco. Pero todo lo que pasó después, tal vez pudo evitarse, tal vez pudo…

—¿Usted es el padre?

—Sí, Armando Gálvez— y le estrechó la mano.

El policía lo revisó de arriba abajo y suspiró. Seguro la apariencia de Armando le resultó chocante en contraste con lo que estaba sucediendo, porque le debió parecer un hombre responsable, resuelto, seguro en ese traje, probablemente de buena marca. Además se apresuró a estrecharle la mano como si fueran amigos, cosa que al policía le molestó, tanto como cuando le dicen "mi jefe" o "mi capitán" para ganarse un afecto que ni obtendrán ni le interesa. Para empeorar las cosas a Armando le tocó un oficial cabal y orgulloso de su oficio, lo cual también lo hizo suspirar cuando notó que el policía no se relajó con el comentario:

—¿Cómo nos vamos a arreglar?

—No entiendo a qué se refiere.

—Ya sabe, para que esto sea discreto y encontremos pronto a mi esposa.

—La estamos buscando; ya dimos parte a la central.

—No sabe qué agradecidos le vamos a estar, usted nomás diga cómo.

Aquello no pudo ser menos prudente.

—Pues para empezar abriremos una investigación.

—¿Qué?

—Eso de extraviar a una persona... hay que estar seguros si fue por negligencia o es un evento aislado.

Armando se rio, de dónde este hombre saca palabras que seguro ni sabe qué significan. Claro, él siempre piensa que nadie puede salirse de los estándares del cliché, no hay nada sano donde todo se pudre, como en el sistema policial. Por fortuna, aun en medio del caos, llega algo que detiene el cataclismo. Pedro habló:

—Fue un accidente, ya le dije.

—No, muchacho, no atropellaron a tu mamá ni se cayó, eso es un accidente, a ti se te extravió, ¿te queda claro?

—¿Qué estabas haciendo, Pedro?

—Chateaba con una amiga, papá, pero fue cosa de nada, de repente ya no estaba.

—No fue cosa de nada, muchacho. Las señoras de los perritos —señaló a un grupo de octogenarias con sus chihuahuas en brazos— dicen que estuvo rondando sola como media hora, luego cruzó la calle con la ayuda de un señor y después no la vieron más.

Armando observó a las señoras cuchicheando entre ellas, dedicándole a él y a su hijo miradas recriminatorias y llenas de reproche.

—Son unas ancianas, oficial, cómo va a tomar en serio sus declaraciones...

—O sea, que porque están viejas son decrépitas.

—No dije eso.

—A ver, ¿usted en qué mundo vive, eh?

Ciertamente Armando cree que se vive en un mundo estandarizado, donde nada puede salirse de la norma, donde si te dicen así es esto, así es, porque no hay tiempo de detenerse mucho a contradecir nada, porque rápidamente nos aliamos a lo que la mayoría dice, sin discutir, donde la verdad no depende de quien la cuenta, sino de quien la puede contar mejor. Para completar el cuadro, llegó Sara.

—Y tú ¿qué estabas haciendo? Debías estar aquí con tu madre, cuidándola. Seguramente estabas con las amigas, divirtiéndote.

Iba a regañar de manera severa a su hija, pero el oficial intervino.

—Tranquilo, si a ella no se le perdió la madre, fue a este muchacho al que no le ha dicho nada. La chica también tiene derecho a divertirse, ella no tuvo vela en este entierro.

Armando, perdiendo la paciencia:

—No doy una con usted, todo lo que digo está mal.

—Si conmigo no tiene que quedar bien, ese es su problema.

—Mire, no soy un mal padre. ¿Verdad que no? —ellos asintieron. Sólo quiero encontrar a mi mujer.

—En eso estamos, aunque ya sabe cómo es de violenta esta ciudad, vaya usted a saber qué le pase. Pobrecita…

—Por favor, si se perdió en una buena colonia, tiene que aparecer, digo, no se extravió en un barrio de mala muerte.

—Para la violencia no hay zonas. Aquí, allá, es lo mismo. ¿No ha oído de los secuestros para sacar órganos y venderlos? No sabe la de cadáveres que encontramos en los basureros cada semana…

—Oficial, por favor, mis hijos…

El policía miró a la familia reducida en su miseria y angustia, como cualquier familia tocada por la tragedia, proceda de donde proceda, viva lo que viva. Decidió ser menos insidioso y limitarse a su trabajo:

—¿Desde cuándo la desaparecida está mal de sus facultades mentales?

—Un par de años, oficial. Todo fue tan rápido, tan repentino.

—Necesito una foto reciente. ¿El muchacho no trae ninguna en su teléfono? ¿Usted trae alguna en la cartera?

—No, eso ya no se usa.

—¿En el teléfono?

—No sé, déjeme ver, aunque ella ya no luce así. Ahora trae el cabello cortito y no se arregla mucho. No es que esté descuidada, ¿sabe?, ya no le importa su apariencia —dirigiéndose a su hija—. Sara, enséñale una foto de tu madre.

—No tengo— y bajó la cabeza apenada.

—Bueno pues —perdiendo la paciencia—, ¿cómo iba vestida? Porque el muchacho no se acuerda.

Sara, molesta, miró a su hermano con recriminación.

—¿Cómo? Si tú la cambiaste hoy.

—Sara, no me acuerdo, le puse un pantalón holgado, lo de siempre, no sé.

El policía, horrorizado.

—¿El muchacho viste a su madre?

—No, eso no, deben estar confundidos, es mi hija quien la atiende.

Se apresuró a contestar Armando, tratando de suavizar la situación, porque él tampoco conocía las rutinas de sus hijos en el cuidado de su madre. Se había negado a contratar a una enfermera por cuestiones de dinero y se desentendió de la situación dejando a Sara a cargo del aseo y cuidado de su esposa.

—Todo esto es muy irregular, voy a insistir en que se abra una investigación, pero primero hay que encontrar a su esposa. Si es que la hallamos.

Sara no pudo contener el llanto y abrazó a Pedro, quien, pálido, parecía a punto de desvanecerse.

—Deje de asustar a mis hijos, de decirme cómo tengo que ser. Ni soy mal padre ni mal esposo, carajo…

Armando, perdiendo el control, se abalanzó sobre el policía queriendo descargar en él toda su frustración. La escena atrajo a las octogenarias y sus chihuahuas que ladraban agudamente, al barrendero que vaciaba los botes de basura del parque, así como a varios transeúntes que se apresuraron a acercarse con cierta cautela para tomar fotografías o filmar el suceso que subirían a las redes sociales en cuestión de minutos. Los dos comenzaron a forcejear. Armando le lanzó un puñetazo débil pero cargado de impotencia con el que inició la breve lucha. No intercambiaron más de dos o tres golpes cuando Pedro reaccionó e intentó detener a su padre. Sara intervino también y como pudieron, lograron separarlos. El policía, muy molesto, llamó por su radio al compañero de patrulla que seguía buscando a la madre desaparecida. La sirena se escuchó a lo lejos y eso hizo reaccionar a Armando, que se acomodó el traje y la corbata tratando de recuperar desde ahí la compostura; ningún traje le devolvería la paz y mucho menos a su esposa. Derrotado, se sentó en una de las bancas en medio de una jauría de chihuahuas, cuchicheos y flashes de celulares, cancerberos de un infierno que él acababa de traspasar o desencadenar. Y desde el fondo de ese averno oscuro e inmediato, el policía sentenció:

—Me lo llevo detenido, a ver si así entra en razón.

Cayó la noche. Las luces de las calles comenzaron a encenderse y con ello Laura recuperó un poco de lucidez. Detuvo de pronto el paso. Se notó cansada, le dolían los pies, tenía frío. Desorientada, intentó fijar su vista en algo conocido. Se angustió inevitablemente. Se llevó la mano a la boca, sabía que no debía llorar, no entendía bien por qué, pero recordó que Armando le repetía una y otra vez: "Asustas a los chicos". Ahora ella estaba asustada, aterrada. Su cuerpo se estremecía, cada poro de su piel se erizaba al contacto con el viento frío y distante de ese lugar que no reconocía. Y ella seguía tapándose la boca para no gritar, para no hacer ruido, para no asustar a nadie. Moviendo los ojos de un lado a otro, frenéticamente, observaba cómo la gente pasaba a su lado y la miraba con recelo, atemorizada. Si ella no les va a hacer nada, si ella sólo quiere volver a casa aunque no sabe dónde queda ni quién vive en ella. Bueno, sí, un señor que dice ser su esposo, y un muchacho amable, y una chica triste, y una señora que fue linda y ahora no lo es. Esa señora linda es ella, lo que queda de ella cuando se mira en el espejo. Sí, es ella, ella se llama Laura, eso le dicen, eso recuerda.

—¡Soy Laura! —gritó de pronto al destaparse la boca.

Detuvo a una mujer al azar, la sujetó fuerte del brazo:

—Soy Laura. Soy Laura.

Mas ese pequeño reconocimiento pasó inadvertido para la oleada de gente que de pronto apareció como expulsada de los edificios. Ella, en medio del ir y venir de las personas, no es advertida ni tomada en cuenta. Ella que en ese momento sabía quién era. Sigue gritando y su voz se ahoga en el murmullo de los pasos, de voces inconexas, todas en una conversación que se parece más al soliloquio. Sin claudicar, siguió tomando las manos, los brazos o la espalda desprevenida de algún transeúnte para que la reconocieran:

—Soy Laura. Soy Laura.

Su angustia creció mientras la empujaban contra las paredes de los negocios o la expulsaban a la calle donde un par de veces estuvo a punto de ser atropellada. Sin remedio, Laura fue condenada a ser una isla inmóvil hasta que la marea humana bajó y volvió a encontrarse sola en medio de los edificios y el asfalto. Se cubrió de nuevo la boca, buscó donde sentarse, después de unos minutos de aparente sosiego, la angustia le creció por dentro al grado de romperle los nervios y se quedó en estado catatónico. Quizás alcanzó a escuchar el clic de un celular acompañado de:

—¡Qué buena foto! Ahorita la posteo.

Esposaron a Armando, el gentío era mayor, los murmullos, insoportables. Aquello era como un ruido de estática televisiva que hipnotiza y no dice nada. Sara y Pedro no podían creer lo que estaba pasando: su padre detenido por agredir a un policía, la madre perdida, ellos solos en medio de tanta confusión y enredo. Por si fuera poco las frases lastimeras y de pena pululaban en el ambiente queriendo brindar un poco de compasión cuando en realidad eran el disfraz del morbo. Armando tuvo la oportunidad de hacer una llamada a Estela, la hermana de Laura: ella iría a recogerlos al parque, eran menores de edad y no podían volver solos a casa, según el policía que a esas alturas ya se había identificado con ellos como el oficial Cantú.

—Tranquilos, ya viene su tía, se queda en casa con ustedes por si su madre aparece de pronto. La vamos a encontrar. Yo, seguro salgo en un ratito —dedicando al decir esto una mirada recriminatoria al oficial—. No se mortifiquen.

—No se agobie, señor Gálvez, si todo es por su bien. Yo me quedo con sus muchachos hasta que venga su familiar. Ahora váyase calladito y piense todo con más calma. Ya en la delegación a ver qué le dicen.

Cantú golpeó el techo de la patrulla indicando que era momento de irse, Sara no pudo evitar llorar y Pedro no supo si abrazarla o seguir en esa inmovilidad que se había apropiado de su cuerpo. La patrulla se fue y el parque comenzó a despejarse. El oficial les sugirió que se sentaran en una banca a esperar a su tía mientras él daba indicaciones por radio; al parecer continuaba la búsqueda. Habían dado parte a todas las unidades de la zona, a los ciclopolicías y a los agentes de tránsito también. Se mandó un comunicado general. Los celulares de los chicos no paraban de sonar, no habían reparado en ello hasta que el silencio volvió así, de golpe. Notaron que tenían el buzón de voz repleto y muchos mensajes en las diferentes plataformas sociales, sin embargo ninguno se atrevió a abrir sus páginas. Un agotamiento emocional los tenía anonadados, sin reaccionar, ausentes de momento a cualquier cosa, solos, absurdamente solos en ese caos repentino.

El oficial los miró de reojo, se acercó para charlar con ellos:

—¿Cuántos años tienes, muchacho?

—Dieciséis.

—Y ¿tú?

—Catorce.

—¿Van a la escuela?

—Claro que sí— contestó molesto Pedro.

—¿Por la mañana?

—Sí —dijo lacónicamente Sara, quien contestaría desde ese momento a las interrogantes de Cantú.

—¿Quién cuida a su madre por las mañanas?

—La señora del aseo.

—Y ¿va todos los días?

—No, tres veces por semana.

—Los otros días su madre se queda sola.

Pedro se levantó furioso.

—¿Qué no debería estar buscando a mi mamá?

—En eso estamos, tranquilo…

—¿O me va a llevar también detenido?

—Si te pones violento, sí.

—Pues a ver si con esa panza que tiene me alcanza porque yo no me voy a quedar sentado.

Sara no pudo detenerlo y Pedro salió corriendo sin dar tiempo a que Cantú reaccionara. Su hermana quiso ir tras él pero el oficial pudo sujetarla.

—Ya volverá. Esperemos a tu tía, le hará bien despejarse un poco, con suerte la encuentra, sería lo mejor que pudiera pasarle —le sonrió afectivo, sin soltarle la mano—. En cuanto llegue tu tía voy por él, te lo prometo.

Pedro no paró de correr hasta después de unos minutos, asegurándose de que Cantú no iba detrás de él. Cuando por fin se sintió solo, se recargó sobre una pared y se sentó en la acera. Miles de pensamientos surcaban su mente como un rompecabezas que no acaba de tomar ninguna forma. Hizo un repaso del momento preciso en el que se dio cuenta de la desaparición de su madre y le volvió esa sensación horrorosa de vacío en el estómago, de un susto pegado al pecho. En realidad no sabe cuánto tiempo estuvo metido en la conversación con María. Sacó su celular, miró la hora, más de cuarenta minutos chateando con ella preguntándole inútilmente y de mil maneras si él le gustaba un poco. Y cuando por fin le dice que sí y levanta aliviado la cabeza para decirle a su madre: “Le gusto” —a pesar de que ella le devolvería una sonrisa torpe, ausente, él quería compartírselo—, ya no estaba ahí.

En el fondo, le entristece que sólo la llamara varias veces. Continuó texteando por varios minutos más. De no ser porque un chihuahua se acercó a ladrarle y su dueña se apresuró a ir por él, no se hubiera percatado de lo grave de la situación.

—Si buscas a tu madre se fue por allá.

Pedro entonces levantó la cabeza, dejó de escribir y el peso de la realidad le cayó de pronto.

—¿Cómo? ¿Hace mucho que se fue? ¿Cruzó la calle sola?

—Sí, hace ya un rato de eso. Se le notaba desorientada. Chavela te gritó, pero tú nomás levantaste la cabeza y saludaste. —Él puso cara de consternación; ni siquiera se acordaba de eso.

De nada le valió ir de un lado a otro tratando de encontrarla, de aquí para allá preguntando si la habían visto. Vaciando todas las posibilidades, pensando que no podría haberse ido lejos. Si entró en algún edificio o local. Si tocó en alguna casa creyendo que era la suya. Tal vez alguien le abrió y ahora la tiene sentada en su sala esperando un momento de lucidez para saber quién es y dónde vive. A lo mejor ya llamaron a la policía. Luego cayó en la cuenta de que su madre no llevaba nada consigo para identificarse. Sara le repetía una y otra vez: no olvides poner la credencial en su bolsillo, por cualquier cosa, pero él salió deprisa, estaba hablando por teléfono con Jaime. Además ¿qué le podía pasar a su madre? Si era cosa de llevarla a pasear una hora al parque.

Mientras recordaba eso, Pedro se llevó las manos a la cabeza y comenzó a pegarse, a cada golpe le venía una oleada de vacío estomacal, era pena, dolor, angustia, miedo, desesperación: había perdido a su mamá, a su padre lo detuvo la policía, abandonó a su hermana con el oficial nefasto en vez de hacer frente a su estupidez. Le sobrevino un vértigo espantoso y sin contenerse, vomitó. Cuando se vació por completo, se levantó y buscó algo con qué limpiarse la boca, la manga de su camisa fue lo único que tenía a la mano, se sonó la nariz, estaba hecho un desastre. Seguía mareado, se recargó otra vez en el muro para intentar encontrar un norte, estaba claro que no volvería a casa hasta dar con ella. Decidió caminar a la derecha. El viento le daba de lleno en la cara, le hizo bien, le refrescó el cerebro, lo trajo de vuelta. Sonó su celular.

—Jaime… No, no la hemos encontrado… Pero ¿cómo sabes...? No le he dicho a nadie. ¿Qué? ¿Cómo que ya todo el mundo lo sabe? ¿Cuál video? No, es un malentendido, sí se lo llevaron detenido pero… Sí, ahora lo importante es encontrarla… ¿Luis posteo qué? ¿Cuál foto? Quiero que quiten esa foto inmediatamente. Sí, es la más reciente, pero si mi papá ve esa foto, me mata. ¡Cuál buena causa! ¡Quítala! Miles de vistas y cincuenta veces compartida —gritó furioso—. Quítala ahora mismo, imbécil… eso no es ayudar… no me cuelgues, que no me cuelgues…

En cuanto su amigo cortó, Pedro trató de acceder a su cuenta para borrar la foto, no sólo había perdido a su madre sino que ahora había vuelto viral el suceso. No quería ni imaginar la furia de su padre y… ¡No tenía más datos disponibles! Se había acabado el crédito chateando con María, justo ahora que necesitaba borrar esa foto o denunciarla, bloquear esos miles de "me gusta". Claro, tampoco traía dinero para entrar al primer cibercafé que viera para tratar de aligerar las buenas intenciones de sus amigos. Ni modo, debía correr de vuelta a casa. No hubo necesidad, Cantú, que ese día se convirtió en su demonio personal, apareció, como aparecen los salidos del averno, de la nada, montado en la patrulla y con las luces encegueciéndolo.

—Súbete que tu tía está preocupada, tu hermana, ni te digo, no para de llorar. Estás hecho un desastre, ¿qué te pasó?

Pedro se subió al auto, molesto, e inmediatamente comenzó a recriminarle.

—A mí sí me encontró y a mi madre, no, qué buenos policías.

—Sin sarcasmos, muchachito —de verdad que este Cantú no estaba en la norma—. Te hallé porque tú no estás perdido, por lo mismo es fácil deducir qué harás, o adónde podrías dirigirte. Los perdidos no tienen ni idea de lo que van a hacer, por eso es más difícil anticiparse, dar con ellos.

Como ves, no nomás tengo panza, también me repartieron algo de cerebro —luego se dirigió al otro patrullero—. Martínez, te dije que doblaras a la izquierda, ya nos metiste en el tráfico.

Lo que le faltaba, Pedro no lo podía creer.

—Oficial, ¿no podría encender las sirenas para llegar más rápido?

—No.

—Si lo hacen todo el tiempo.

—Eso es abuso de poder, yo no lo hago —Martínez suspiró resignado mientras manejaba—. Si no te gusta ser mi compañero ya te dije qué hacer, además, en breve me jubilo. No entiendo, caray, desde que quitaron civismo de las escuelas estamos jodidos.

—¿Me prestaría entonces su celular, oficial?

Cantú sacó el teléfono de su bolsillo y se lo pasó. ¡Era analógico!

—No me sirve.

—¿Por? Tengo crédito, por si quieres llamar a tu tía.

—No, quería borrar algo que postearon.

—Bueno, ustedes no pueden vivir ni un minuto sin estar pegados a internet.

—Si le explico no entendería…

—Seguro no, por eso te callas y esperas a que lleguemos a tu casa.

Pedro cerró los ojos. Apoyó su cabeza en el cristal del auto. Intentó desaparecer. Sí, desaparecer en serio, fugarse de ahí, de su cuerpo, de sus pensamientos, de su circunstancia. Buscar otra familia, otra casa, otra vida. Descubrirse liberado de los eventos de ese día, del padre que le tocó, de la madre extraviada, de una hermana a la cual no le sirve ni de consuelo ni de apoyo. Dejar de llamarse Pedro como el abuelo que no quiere y huele horrible. Alejarse de la tía que ve en su familia la antítesis de la suya. Olvidarse de que es el mayor y está repleto de expectativas que ni son suyas ni le interesan. Ir a buscar a María y pasear con ella toda la tarde, hablar de cosas que no pesan y no tienen por qué ser importantes. Gritar que odia su limitada existencia. Irse de fiesta a escondidas con Jaime y Luis, hacerse pasar por mayores de edad y entrar a un antro. Ligar toda la noche. Volver aturdido. Meterse en la cama y pensar que al levantarse ya no estará ahí, en la misma habitación, con la misma ropa y con la misma tristeza. Si pudiera inventarse otra realidad... se la inventaría ahora, no mañana, no en un rato, ahora...

Sí, porque quisiera ser noche y no día. Quisiera ser sueño y no vigilia. Quisiera ser lo que no es: un pedazo de idiota que perdió a su madre imaginando otra vida.

Al bajarse del auto de policía Pedro sintió sobre su espalda más de una mirada. Decenas de ojos escoltaron su cuerpo hasta la entrada de su casa. Las cortinas de las ventanas del edificio de departamentos contiguo se corrían discretamente dejando asomar rostros curiosos que intentaban escudriñar la posible historia del chico. Cantú lo llevaba del brazo, no como a un delincuente, sino acompañándolo con cierta cortesía. Igual le daba por escaparse de nuevo. Estela les abrió la puerta y suspiró aliviada al ver al sobrino. Él quiso abrazarla, ella rechazó el contacto.

—Ya hablaremos, métete.

Cantú se despidió no sin antes señalar que seguía tratando de localizar a la señora Gálvez. Estela sonrió entre nerviosa y agradecida, esperó a que se marchara y cerró la puerta. Pedro intentó balbucear algo, no alcanzó a emitir ni una sola palabra.

—A tu papá lo sueltan en un par de horas. Esteban está en eso. Ya que llegue, hablamos —lo miró fugazmente—. ¿Andas en drogas? O explícame todo esto. Pierdes a tu mamá... luego esa foto, ya me la mostró Sara. ¿Cómo pudiste?

—Yo no la subí, y no es lo que parece.

—Claro que no es lo que parece, pero eso a la gente no le importa.

—No sabía que la iban a postear. Es de hace meses, estábamos jugando, ella se veía divertida, contenta.

—¿Contenta? Pero si tu mamá está desconectada, no sabe... mejor vete a tu cuarto.

—Seguro también me vas a culpar del video.

—Ah, el video, penoso. Pero eso tú no lo permitiste y lo otro, sí.

—Que yo no permití nada, carajo...

—No me levantes la voz. Vete ahora, tu padre verá como soluciona esto.

Enfurecido, se dirigió a su habitación. Encendió la computadora. Mientras se iniciaba, su único pensamiento estaba dedicado a María. Si vio aquello qué pensaría de él. Todo el semestre intentado conquistarla y cuando por fin, la catástrofe. Se le ocurrió que podría llamarla. Cuánto bien le haría escucharla con ese tono de voz tan grave que le confiere un aire de chica mayor. Y esa sonrisa que desarma. Echó un vistazo al reloj, no era tan tarde. A pesar de que a él los acontecimientos de las últimas horas le habían parecido años de vida, el tiempo seguía su ruta sin inmutarse, porque nunca va más lento cuando queremos prolongar la alegría ni más aprisa cuando queremos apurar la tragedia. Tal vez era buena idea conversar un poco, escuchar una voz amiga, alguien que no le escupiera a la cara lo que pasó. Total, él no lo hizo intencionalmente, ni siquiera se acuerda del momento en que su madre se levantó de la banca y se marchó. Tomó aire para darse valor. Vibró su teléfono, había olvidado que lo traía en silencio. Era Jaime.

—¿Qué onda, güey? ¿Ya la encontraron?

—No. Sigue perdida.

—Oye te hablo de rapidito. Si mi papá se entera me mata.

—¿Por qué?

—Me prohibió verte. Paco le enseñó el video.

—Qué poca de tu hermano.

—Ni digas, mi mamá también lo vio y le conté lo que pasó. No lo podía creer, güey. Mi papá no lo tomó en buen plan, luego luego dijo que tú no andas bien, que seguro es algo de familia, que todos ustedes están locos.

—Pérate, mi mamá está enferma, no loca.

—Yo le dije eso, pero él insistió que son una familia medio turbia. Le pareció muy rara la reacción de tu papá con el policía, que eso se debía a otra cosa, que a lo mejor él estaba metido en asuntos de drogas o tú. Por suerte no han visto la foto. Oye, por cierto, Luis está que no se la acaba, no quería causar tanto alboroto, que te lo dijera. Ya la eliminó de su muro, pero la verdad es que se ha compartido tanto y quién sabe cómo le han hecho, no hay manera de parar la cosa. Tengo que cortar, si me cacha mi papá, ni te cuento.

—Jaime, no vendo drogas ni mi papá es narco, ¿ok?

—Mira, ya no sé si es mejor esa versión o la de que eres un pervertido de mierda.

—¿Qué?

—¿No has visto los cometarios por WhatsApp de Chava?

—No.

—Abrió un grupo de conversación para joderte y te incluyó. Mejor ni los veas. Ese güey te odia, dice que perdiste a tu mamá porque andabas viendo porno en el teléfono. Que lo tuyo es ver viejas encueradas todo el tiempo.

Pedro enmudeció, ni siquiera pudo maldecirlo, aquello le pareció pesadillesco. Desprovisto de pensamientos ante tanta estupidez, ante tanto comentario desarticulado y morboso, sólo atinó a decir:

—Yo estaba chateando con María.

—Pues a ver quién te cree.

—Ella puede corroborarlo.

—Tengo que cortar, se me hace que ahí viene. Ojalá la encuentren…

Perdiendo el control lanzó el teléfono contra la pared y se

apresuró a entrar a internet. Con horror y sorpresa se percató de la cantidad de vistas, comentarios de todo tipo y el número de veces que se había compartido el video en el cual su padre intentaba golpear al policía mientras él y su hermana lo controlaban. Luego, para continuar su desgaste emocional, verificó los innumerables "me gusta" a la desafortunada foto que Luis subió de su madre. Los ojos se le enrojecieron. Viendo posteada ahí la fotografía ya no le pareció ni tan divertida ni su mamá tan alegre. Luis le juró que había borrado las fotos de ese día, quién sabe a cuántas personas se la mostró antes de subirla.

—La foto en su conjunto no sería tan... patética, digo, sonríe ya medio ausente, los ojos se le notan perdidos, la gorra puesta así al revés la hace hasta verse joven, pero Pedro, ¿cómo se te ocurrió sentarla ahí contigo en medio de los imbéciles de tus amigos y con una cerveza caguama en la mano? Te pasas.

Sara, desde el umbral de su puerta, sostenía su teléfono y por ahí iba siguiendo la crónica de lo que pasaba en torno a la desaparición de su madre. Su voz, apagada, neutra, casi fría, le confería un halo fantasmal. Era sólo una voz pululando por la habitación de su hermano, intentando encontrar un pequeño lugar para sentarse y entender lo ocurrido.

—Ojalá la encuentren, Pedro, si no...

—La van a encontrar, Sara, verás que sí.

—Pues la gente que ha comentado está muy dividida, más del setenta por ciento han descrito con lujo de detalle lo que seguro ya le pasó, ni te cuento, una película de terror se queda corta, ya lo lees... Algunos rezan por nosotros... y los menos te están mentado "la madre", sin mencionarte la cantidad de memes de la foto de mamá con políticos, empresarios y demás concurrencia. Sobra decir que vivimos en un país sin madre. Todo ello en cuestión de horas. ¿Sigo?

—Para mañana ya habrá pasado a la historia, aparecerá otra cosa peor y ya…

Su hermana le dedicó una mirada terrible, seguro Pedro no la podrá desligar de su piel en mucho tiempo. Una mirada que le devolvía todo el peso de esa historia, porque a ella poco le importaban, en ese instante, las historias de los otros, mejores o peores. Daba igual si la propia había sido invadida, ultrajada por cientos, miles o millones de personas *stalkeando* su vida, juzgándola, qué lejos estaban de entender el contexto de la situación. Pero, qué podía esperar de su hermano, siempre tan pendiente de los demás, de la popularidad, del verse bien. Ahora, qué pensaría en el fondo de todo eso. Por ello, Sara sólo pudo agregar:

—Yo necesito que aparezca, es lo único que quiero. Ya la perdí una vez, y cuando me hago a la idea de querer eso que queda de ella, la pierdo otra vez. No, Pedro, no aparecerá para mí otra cosa peor, aunque eso aquí nunca se sabe.

Se retiró, sigilosa. Dejó a su hermano ahí, en medio de los sonidos de alerta emitidos por los comentarios y los "me gusta" incrementándose como una peste que, en su estadística, lleva la desventura y el contagio. Pedro comenzó a revisar los comentarios, a tratar de eliminar fotos, a denunciar aquello como una violación a la integridad de su persona. ¿Cuál integridad? Si aquello ya no era ni personal. Lo que en un momento había intentado ser un acto solidario para encontrar a la mamá perdida del amigo —subiendo una foto que desde la perspectiva de los implicados no era ofensiva—, para identificarla en caso de ser vista, se fue desvirtuando hasta diluirse en el morbo, el chiste, el prejuicio. Convirtieron a Laura —porque tiene un nombre aunque esté varada fuera de ella misma— en un pretexto para hablar de otras cosas, para burlarse sin tregua de la tragedia de alguien que casi siempre deriva en comedia.

Agotado, se tumbó en la cama, no supo cuántas horas estuvo pegado a la pantalla, intentando eliminar cuanto pudiera. Sin más se dio por vencido. Intentó hacer un recuento de ese día, desde la mañana, como siempre, automáticamente, sin siquiera mirarla, la vistió. Cuando le tocaba hacerlo no prestaba atención a nada. Le parecía tan extraño. La primera vez que lo hizo se ruborizó, y eso que sólo le pone alguna blusa, algún suéter. Ya no la mira, evita hacerlo, como si con ello conservara alguna añoranza anterior a su declive. Quizá por eso no pudo recordar qué llevaba puesto, o cómo lucía la imagen de su madre esa mañana; como cualquier otra mañana, le resultaba vaga, se escabullía por su memoria. Era como si desde que enfermó, con esa condición que lo olvida todo, hubiese muerto parcialmente. Él la quería, a pesar de la lejanía, más próxima al recuerdo que al presente, porque ella ahora le parece una absurda sombra, un ser que va de un lado a otro errando sobre los nombres, las cosas. Lo hundía una tristeza enorme cuando la descubría de pronto consternada, asustada o irritada ante cualquier objeto, sosteniéndolo, sin saber qué hacer con él. Cerró más los ojos, era su costumbre para irse a las profundidades de sí mismo, ahí intentó rescatar alguna imagen de esa mañana. Sí, seguro llevaba la chaqueta roja, la de cuero, aunque no hacía juego con el pants —ahora sólo le ponen conjuntos deportivos para que sea más fácil cambiarla—, mas esa chaqueta roja a ella le sigue gustando, o a Pedro le sigue gustando, porque le devuelve cierto garbo, porque le recuerda que alguna vez lucía así de bien. Porque su madre no está loca, está enferma, y con esa certeza se quedó dormido.

Al despertar, la noche seguía ahí, enmarcando la pequeña apocalipsis familiar. Ella y la voz de su padre, que acababa de llegar crispado, ansioso, acelerado. Se escuchaba cómo iba de un lado a otro, abriendo puertas.

—Estela, ¿ya revisaste bien? A lo mejor volvió a casa y se metió en algún closet o en la alacena. A veces lo hace cuando ya no ubica donde está, se refugia en lo oscuro.

—Relájate, la van a encontrar.

Sin poder contener más la tensión se derrumbó en una de las sillas de la cocina, comenzó a llorar.

—Te debo parecer un mal esposo, un pésimo padre. Pero no puedo hacerlo todo, trabajar, cuidar de los chicos —trató de limpiarse las lágrimas, tomar el control de sí mismo y continuar—. Cuando la encuentren, si la encuentran, me han advertido que mandarán a una trabajadora social para verificar si soy capaz de tener a mi esposa conmigo...

—Paso a paso. Primero deben encontrarla —le acarició el pelo, no supo qué más hacer, jamás había visto a su cuñado así, desesperado, consumido por un estrés apabullante que lo orillaba a comportarse de manera inusual—. Verás, cuando Laura esté en casa las cosas irán tomando su curso, no te adelantes.

—Tienes razón —se secó las lágrimas con el saco—. Por cierto, Esteban se fue, él lleva a los niños a la escuela y avisa en tu trabajo. Gracias por estar aquí, aunque no hay necesidad de quedarte, Estela, puedes irte, ya me encargo, total ahora sólo resta esperar.

Sara apareció de pronto, llevaba el teléfono en la mano y quería mostrarles algo.

—Papá, mira esta foto.

Estela irritada levantó la voz

—Sara, ahora no vengas con eso, lo último que quiere ver tu padre es esa foto.

—¿Cuál foto?

Su cuñada puso una cara de disgusto que no hubo manera de disimular.

—Un amigo de Pedro posteó una foto muy desagradable de Laura, disque para localizarla.

—Tía no es…

—Cállate, Sara, tu papá ahora no está para eso.

—¿Qué tiene la foto?

—Mañana la ves.

—No, la quiero ver ahora —comenzó a violentarse. Y dónde está ese pedazo de…

—Papá.

—Sara, por favor, no seas más imprudente.

—¡Pedro —llamándolo enfurecido—, ven acá inmediatamente!

—Que no es esa foto —alzó la voz para que la escucharan—, es otra. Me la acaba de mandar una amiga por *inbox*, alguien la posteó hace una hora. Ya sé dónde puede estar mi mamá.

Armando se acercó a observar la fotografía, la escudriñó detenidamente. La imagen estaba borrosa, se notaba que había sido pasada por varios filtros de alguno de esos programas que crean la ilusión de que cualquiera es fotógrafo. Los edificios al fondo con las luces encendidas justo cuando cae la noche, cuando aún se puede ver un rayo de luz fugaz, los autos, la gente transitando… y una mujer sentada, inmóvil, con una expresión de vacío que la convertían en un objeto más integrado a esa banca. Reconoció la zona, era el centro de negocios que estaba relativamente cerca de donde vivían. De ser ella, ¿cómo llegó hasta allá? Caminar por ahí es casi imposible.

—No sé, hija, se parece, pero...

—Es ella, estoy segura.

Estela no quiso alentar nada y prefirió guardar silencio. Si bien la complexión, el pelo corto, cierto aire familiar, estaban ahí, la hacían dudar otros detalles. Por ejemplo, los rasgos del rostro, salvo los ojos, en ese intento por hacer de aquello una fotografía artística, eran vagos. Lo que más le interesaba al que la tomó era hacer de Laura, en caso de serlo, un elemento singular, extraño, ajeno al vertiginoso ir y venir de ese pequeño mundo representado. Además, la distancia no permitía asegurar nada. Pedro se atrevió a salir de la habitación

—¿Puedo verla?

Su padre le pasó el teléfono sin mirarlo siquiera. La vio apenas unos segundos y sin dudarlo dijo:

—Es mamá. Lleva la chaqueta roja que le puse esta mañana.

Cuando llegaron al sitio donde la supuesta Laura se encontraba ya había un par de patrullas. El oficial Cantú daba indicaciones. Armando, en realidad, quería ir a buscar a su mujer solo, no involucrar más a la policía, sin embargo Estela insistió en hacerlo, la policía contaba con más recursos y podría cubrir más espacio en menos tiempo. Además, Armando no podía pasar por alto que Pedro dio parte a las autoridades de la desaparición, tomar el asunto por mano propia podría malinterpretarse. Mejor proceder bien, no era cosa de rencores o rencillas por lo ocurrido en la tarde, ahora lo importante era saber si esa persona de la fotografía era Laura. Para su fortuna la zona por la noche está casi sin vida y hay muy poco tráfico, así que pudieron estacionarse y bajar deprisa. Armando y Estela fueron los primeros en salir del auto, se precipitaron a abrirse paso entre algunos policías. Sara, con más tranquilidad, los siguió a distancia. Pedro no bajó del auto, se quedó dentro, mirando desde el retrovisor las luces de las sirenas.

Cantú detuvo al marido y a la hermana a unos metros de la posible Laura.

—Tranquilos. Vamos a esperar a la ambulancia.

—Por favor, ¿es mi esposa?

—Sí.

—Déjeme acercarme.

—Está en estado catatónico.

—Usted qué va a saber de eso —desesperado quiso hacerlo a un lado—. Voy a pasar. Es que no ha tomado sus medicamentos.

—Los paramédicos sugirieron no moverla. Cálmese...

Forcejearon un poco. Cantú lo sometió con ayuda de Martínez, Estela, al margen, se llevó la mano a la boca pero no se atrevió a dar un paso más. Sara, aprovechando la confusión, se escurrió entre los hombres distraídos por la escena. Sí, era ella. Llevaba la chaqueta roja de cuero que Pedro le puso por la mañana. La inmovilidad la hacía lucir como una bella estatua urbana. Y mientras la confusión seguía a su espalda, Sara se recostó sobre las piernas de su madre. Tomó una de las manos de Laura, con ella se tapó el oído que quedaba expuesto a la confusión, al drama de su padre, al aparente desapego de su hermano, al miedo de su tía, para aislarse de aquello, para sentir el tibio contacto de la piel de su mamá. Encontró así el sosiego, en esa mano delicada y ausente a toda su tristeza.

En contraste al cuerpo endurecido hacia el exterior, Sara escuchaba el latir del corazón de su madre. Sentía la pulsión de vida en toda la piel, mientras en posición casi fetal se aferraba a estar ahí, sobre las piernas, pegando su cabeza al abdomen que acompasadamente subía y bajaba regalándole una paz extraña en medio de aquel caos. No necesitaba más, sólo ese espacio de reconciliación, de aceptación y reconocimiento por ambas partes. En algún lugar de ese túnel oscuro que transitaba su madre habría destellos de luz que podían acercarlas. No todo puede ser noche para ella, no todo. Se aferró a ese pensamiento.

Cayó la primera gota. Le tocó la mejilla. Miró hacia el cielo, despejado como quisiera que estuviera todo a su alrededor. Cayó la segunda. Eran lágrimas de su madre. La tercera rodó más lenta hasta deslizarse totalmente y tocarle los labios. Un beso de despedida, eso era. Entonces recordó ese cuento que le contó alguna vez su mamá antes de dormir. Se identificó con aquella golondrina que murió a los pies de un Príncipe Feliz que cuando perdió su brillo lo fundieron: *Al no ser ya nada bello, de nada sirve.*

Nadie comprendería que su madre dio a pedacitos su cerebro hasta quedarse ciega de ideas y de voz. Y sin voz, nadie podría sacarla de ese túnel profundamente negro en el cual se internaba para no volver más...

Los que sí hablaban sólo atinaron a decir:
—Sepárenla de la niña, hay que llevarla al hospital.

La luz le daba de lleno en el rostro. Con pereza abrió los ojos. Estaba en su habitación. Llevaba la ropa puesta. No recuerda cómo llegó hasta ahí. Le dolía la cabeza, los ojos los sentía inflamados. Podría haber seguido tumbado en la cama si el olor a comida, que venía desde la cocina, no le hubiera despertado el apetito. Se sentó con pereza al borde de la cama. Por unos segundos se quiso convencer de que todo lo ocurrido ayer había sido un sueño y por un instante cierta paz le hizo ruido en la cabeza. Fue directo al baño. Se miró en el espejo. Algo en su expresión había cambiado, no podría decirse que se veía viejo, a los dieciséis años nadie podría verse viejo, pero sí lucir así. Tenía esa expresión de agotado por la vida. Se lavó la cara, quizás el agua podría llevarse esa sensación de cansancio, esa impertinente expresión de angustia que no se le borraba del rostro y le confería un gesto que le nació justo cuando perdió a su madre. Cuando se secó la cara se reconoció a él mismo, aunque ya no era el mismo. Algo se le quebró dentro cuando se quedó cual convidado de piedra al observar, desde el auto, cómo los paramédicos se llevaban a su madre.

Resultó muy doloroso escuchar cómo se rompía su hermana en llanto, ella que generalmente es tan calmada y ha aprendido a disimularse muy bien entre los espacios, las emociones y su familia. A soportar los "pobrecita", "tan jovencita y con responsabilidades de mayor", "eso dejará secuela, atiéndanla", entre muchos otros comentarios de consideración y lástima. Hablan, opinan, juzgan desde el café que se les ofrece o en la conversación telefónica. Su miopía no les permite ver que Sara está ahí, siempre ahí, escuchándolos compadecerse de ella, como si con ello cobijaran su tristeza. Por eso su hermana decidió asumir una actitud de invisible y circular por toda esa lástima, aderezada de compasión, sin ser vista. Amparada sólo en las historias que lee todo el tiempo metida en la cama antes de dormir. A veces él le gastaba bromas al respecto.

—Le quieres hacer la competencia al Hombre invisible.

Sara le sonreía un poco de lado.

—Me falta mucho. ¿Sabías que cuando te vuelves invisible en realidad no desapareces?, sigues ahí, pero como no te ven, creen que no estás, que no existes. Eso a la larga te jode, porque lo que sí desaparece son las emociones, te sientes tan solo y único. Eso le pasó a *El hombre invisible.* Pero como tú no lees nada…

—Para eso te tengo a ti, hermanita, para que me hagas parecer listo cuando lo necesito.

Molesta, le lanzaba el libro con intención de golpearlo, él apresuradamente cerraba la puerta. Era su manera de darse las buenas noches. Así, Pedro quedaba tranquilo porque Sara era tan sigilosa que un día le invadió la preocupación de que si no llegaba a dormir nadie se enteraría.

Suspiró y se dio valor para enfrentar el día. Seguro su padre le echaría en cara su nula participación anoche. Ni modo, eso pasó y no hay manera de cambiarlo. Se paralizó. Le dolió ver cuánto tardaron en descontracturar a su madre para acostarla en la camilla, la ansiedad de su padre porque se la llevara la ambulancia lo más pronto posible al hospital mientras le sostenía la mano, su tía Estela desconectada, abrazando a Sara inconsolable como si la madre hubiera muerto ya en medio de esos edificios. Y él ahí, en el coche, como en una coraza, para no ser herido por la histeria de los otros. Esa sensación de distancia le venía bien, la necesitaba para bajar un poco la tensión de las últimas horas, no hubiera resistido tanta intensidad. De pronto se sintió relajado en esa soledad asumida, sin gente a su alrededor. Sin reproches ni acusaciones. Hasta que Cantú lo sacó de ese estado:

—Y tú ¿qué?

—Yo ¿qué de qué?

—¿Te vas a quedar ahí? ¿No vas a acompañar a tu padre al hospital? Es probable que necesite de tu ayuda, que su hijo este ahí.

Silencio por parte de Pedro.

—Ya te cayó el veinte ¿verdad?

—¿Cuál veinte? —irritado le contestó al oficial—. Por qué no se mete en sus cosas y me deja en paz.

—No se me altere, muchachito, ni me hable así, yo lo que quiero es ayudar. Lo dicho, desde que quitaron civismo de las escuelas estamos jodidos.

—Pues jodidos vamos a seguir —quiso bajarse del coche, Cantú le bloqueó con el cuerpo la puerta—. Déjeme bajar.

—Ya para qué, ahí viene tu tía. Además, no se te vaya a ocurrir echarte otra carrerita y hacerte el interesante fugándote de casa. En fin, ya puedes relajarte, fue una suerte enorme encontrar a tu mamá, no siempre es así. ¿Sabías que hay gente que nunca es encontrada? Familias que viven con eso el resto de sus vidas, sin saber si el ser querido está vivo o muerto, si sufre o no. La incertidumbre enloquece, muchacho, enloquece.

Cantú le abrió caballerosamente la puerta a Estela. Le dio su número telefónico, que había anotado en un papelito, otro a Sara. A él sólo le dedicó una mirada de "te estoy vigilando" y se retiró. Haberse visto algo así, seguro de noche veía programas policiacos gringos.

—Vaya tipo. Lo odio.

Se sacudió de la cabeza la imagen de Cantú, fue directo a la cocina y encontró a Rosa, la señora del aseo, que estaba preparando el desayuno. Eran ya como las diez de la mañana. Cuando lo vio entrar dejó de cocinar y lo abrazó.

—Pobre de mi niño, qué susto pasaste.

Pedro se desembarazó del abrazo y se sentó. Su hermana comía con desgano. Apareció su padre terminando de acomodarse la corbata. Rosa le sirvió un café.

—¿Le preparo algo, señor?

—No, gracias —dio un par de tragos y les habló como si estuviera dando un informe—. Su madre está estable. Sigue sin reaccionar. El médico dice que es normal, con el paso de las horas, o tal vez en unos días, ella volverá a caminar y a moverse. Mentalmente no sabemos cómo reaccionará. Su tía está en el hospital. No se puede visitar. Hoy por la tarde vendrá la trabajadora social. Quieren ver si el entorno es el adecuado para tener a su madre en casa, de no ser así debo buscar un lugar especializado para que la atiendan, y si no puedo pagarlo, irá a alguna institución del gobierno. Yo tengo que ir al trabajo, regreso para la cita. No me esperen para comer. Ni hoy ni mañana van a la escuela. Hay que estar tranquilos y dar una buena impresión.

—No les pueden quitar a su mamá a los muchachos… ¡Ay, qué pena! Bendito mal cuando viene solo.

—¿Por qué dices eso, Rosa?

—Es que cuando nos cae una tragedia se vienen como en cascada una detrás de otra.

—No va a pasar eso.

—Ahorita le pongo una veladora a San Martín, él aboga por todos estos asuntos. Ya verá, si ustedes son muy buenas personas… cómo les pudo pasar esto.

—Que pasen cosas no tiene que ver con ser bueno o malo. Pasan —mirando directamente a Pedro— por negligencia, descuido, estupidez, entre otras cosas.

—Lo dices por mí.

—Si te acomoda el comentario.

—No lo hice a propósito.

—No quiero hablar de eso ahora, ni de la fotografía donde tu madre parece rapera, ni de tu conducta de anoche. Pero vamos a tener una conversación muy seria, Pedro, de esta no te salvas.

Se levantó de golpe, tomó las llaves de su auto y salió dando tremendo portazo. Pedro se quedó con los puños apretados. Sara comenzó a reírse.

—Rapera, la verdad es que sí parecía rapera. Te pasas.

Pedro no tuvo más remedio que reír. De pronto Rosa también, ni conocía la foto, pero ya estaba acompañándolos en esa catarsis repentina que llega cuando ya no se puede caer más bajo o no se sabe si se ha tocado fondo. Así, entre risas, Rosa sólo atinó a decir:

—Les voy a preparar un atolito para los nervios. Para que se les asiente el susto en el estómago.

Y sin evitarlo los tres volvieron a reír.

Armando no compartía el mismo humor. Al llegar al trabajo presintió que no sería una mañana llevadera. Un compañero de la oficina, con el que llevaba muy buena relación, se adelantó para ponerlo sobre aviso.

—El señor Jiménez te espera en la oficina, no sé cómo pero ya vio el video.

—No tienen otra cosa que hacer que husmear en la vida de los otros —lo comentó en voz alta para que sus colegas de oficina lo escucharan—. Dejo mis cosas y voy a la oficina del jefe.

—¿Ya la encontraron?

—Sí, afortunadamente.

—Qué gacho, mano, ni me imagino por la que pasaste. Y luego ese hijo tuyo metido en el negocio de las drogas, qué fuerte.

No podía creer que Juárez estuviera diciendo eso. De dónde diablos sacó la idea de que su hijo anda en eso.

—¿Qué dices?

—Son chismes que al parecer el hijo de Salazar confirmó. Creo que estudian juntos ¿no?

—Mentira. Me encargaré yo de callarle la boca a ese...

Desde su cubículo se escuchaban algunos rumores venidos de todos los puntos del piso donde trabajaba. Miradas furtivas que iban y venían entre sus compañeros, cruzándose de un lado a otro hasta caer sobre él. Llamó a su asistente, le pidió algunos papeles, buscó otros entre unas carpetas. Tomó aire y se dirigió al despacho del licenciado Jiménez. Tocó la puerta con decisión, lo que venga lo va a recibir con actitud.

—Pase.

—Licenciado, ¿quería verme?

—Siéntese Gálvez. ¿Cómo van las cosas en su casa? Me enteré de lo de su esposa, una pena. ¿Ya la encontraron?

—Sí, gracias, fue un susto. Se perdió un momentito y se exageró la cosa.

Jiménez le sonrió un poco incrédulo pero no quiso rebatirle nada. No estaba enterado de que su mujer estuviera tan enferma.

—¿Se recuperará?

—Espero que sí —se le quebró un poco la voz—. Gracias por preguntar, ya todo está en orden.

Armando quería dar por concluido el asunto y pasar a cosas laborales, pero su jefe no cedió.

—Debe ser duro para sus hijos. Sabe, yo tengo un nieto que estudia en la misma escuela que su muchacho. Es más joven, está un año abajo. Y me preocupa ese rumor de que... ¿cómo se llama su hijo?

—Pedro.

—De que Pedro está metido en drogas y ve pornografía en su teléfono.

—Esas son tonterías y chismes de colegio, le aseguro que mi hijo no anda en eso.

—Perdió a su madre en el parque, no es poca cosa.

—Fue una distracción. El chico más bien está enamorado... y bueno, se distrajo con la novia. Es la edad —lo miró fijamente—. Mi hijo no ve porno, ni toma o vende drogas. Somos adultos, licenciado, deberíamos saber distinguir entre la verdad y los rumores.

—Disculpe, Gálvez, pero como reza el dicho: si el río suena es que agua lleva. Creo que debe pasar más tiempo con sus hijos. Es un empleado dedicado, de los mejores, estoy muy contento con su desempeño. Sin embargo, creo que no le voy a pasar la cuenta del nuevo cliente, del que hablamos hace un mes.

—Pero si aquí traigo todo el plan de desarrollo y crecimiento para proponérselo, pasé toda la semana en ello.

—Túrneselo a Camacho, él va llevar la cuenta.

—Disculpe, pero creo que está cometiendo una arbitrariedad, los asuntos de mi casa no deben afectar mi condición laboral.

A su jefe no le gustó ni el tono ni que le recriminara, como si estuviera cometiendo un acto de injusticia, y eso desde el punto de vista de Jiménez no lo era.

—No lo estoy despidiendo, Gálvez… y podría, también vi ese penoso video. Así que agradezca que yo creo, como usted, que se ha exagerado un poco. Mi consejo: pase más tiempo con sus hijos y cuide a su esposa. Ya habrá otras empresas que podrá llevar. Entregue eso a Camacho, luego tómese la mañana. Vaya a casa con su familia.

No pronunció una palabra más. Bajó la cabeza y comenzó a firmar papeles. Armando se levantó incrédulo y salió del despacho tratando de que el rostro no evidenciara su enojo, su frustración. Sin prestar mucha atención a su entorno logró llegar a salvo a su escritorio. Hizo como que trabajaba una media hora, luego llamó otra vez a su asistente y le entregó unas carpetas.

—Son para Camacho. Me tomo el día libre. Si hay alguna urgencia me llama a mi celular.

La chica asintió y antes de retirarse comentó:

—Me alegra mucho que encontraran a su esposa. Me gustaría decirle que…

Armando con un gesto le indicó que no dijera nada más.

Estaba sobresaturado del asunto, de las miradas de recriminación o pena, de los rumores, de las dimensiones que tomó una distracción, un evento aislado, desafortunado. De cómo ello había nutrido el imaginario de tanta gente que desde la comodidad de su mente morbosa había construido una historia con cientos de variantes. Él, en un laberinto de suposiciones, peleando contra todo eso para llegar al centro del mismo y mostrarles la verdad, por lo menos la suya. Pedro, seguro estaría librando su batalla personal, Sara, también, la misma Laura en ese confinamiento absurdo que le tocó de por vida. Con esa certeza tomó su portafolio y salió de la oficina.

En el auto dudó si irse a casa, dormir un rato —había pasado la noche cuidando a Laura—, o irse otra vez al hospital a relevar a su cuñada. Iba a encender el auto, se detuvo. ¿Para qué tanta prisa? Su vida estaba desmoronándose y por más que apretara el acelerador no iba a detener aquello. Y recordó a su padre, sus sentencias fatalistas: "Si algo se está cayendo no lo parches, tíralo de una vez, nada reparado marcha como antes". Le apeteció llamarlo. Compartirle su angustia, encontrar en él un poco de apoyo. ¿Apoyo? Si nunca se lo ha brindado, no lo hará ahora, siempre se escabulle cuando hay problemas, además, ya está viejo. Suspiró e intentó relajarse, la batalla que estaba por librar con su circunstancia le demandaría estar despejado y sin sueño. Sin sueños, debió decir, porque justo ahora la realidad le daba tan de golpe en la cara que le resultaba imposible creer que las cosas podrían mejorarse. Le vino entonces la frase de Rosa: "Bendito mal cuando viene solo".

Encendió un cigarro e hizo hacia atrás el asiento, puso un poco de música. Qué bien estaba ahí. Se percató de algo en ese instante, su automóvil era su mejor refugio. El único lugar donde no lo alcanzaba la realidad ni siquiera ahora. Se dio cuenta de que, después de la oficina, pasaba más horas en él que con su familia. Incluso, a partir de la enfermedad de Laura, ya no le desagradaban los embotellamientos, los disfrutaba, ahí metido entre muchos otros autos, esperando, dejándose llevar, retrasando el regreso a casa, aislado por unos minutos u horas, sin poder hacer nada más que estar ahí. Sólo él, nada más él. Ajeno al mundo y a sus complicaciones. Oyendo las noticias, alguna selección de música favorita, tomado un café o alguna bebida fresca, dependiendo de la estación. A veces hasta almorzaba en el auto. Subía las ventanas y podía vociferar, golpear el volante, gritar. Cuántas veces no ha gritado ahí. Por otra parte, era el mejor sitio para discutir o regañar a sus hijos sin quedarse con las palabras en la boca porque escabullirse era imposible. Sí, si su auto era un refugio voluntario o no, en él encontraba el cobijo, la calma. Prolongó la bocanada antes de tirar el cigarro. Bajó lo más que pudo el asiento, decidió que era un buen lugar para quedarse dormido.

Pedro esperaba el autobús para ir al colegio y ver cómo andaban las cosas. Le tuvo que pedir dinero prestado a Rosa, ya que su hermana se negó a dárselo. No fue fácil, la señora opuso resistencia. Ella escuchó cuando Armando le ordenó quedarse en casa. Así que Pedro inventó mil historias, no funcionaron. Suplicó como no pensó que podría hacerlo, nada. Hasta que al final le confesó, necesitaba ver a María. Rosa se ablandó. La cursilería de Pedro la doblegó. Sara observaba desde el umbral de la puerta de la cocina los lastimeros esfuerzos de su hermano que dieron frutos al final.

—No llegues tarde. Si tu padre se entera, me corre.

—Prometido.

—No prometas lo que no será —sentenció Sara—. Vas a empeorar las cosas. Papá dijo "quédense en la casa".

—Sí, no me tardo, nada más quiero hablar con alguien.

—¿Con tu novia? —lo dijo burlona.

—No tengo novia.

—Cómo que no tienes novia, si me acabas de decir que vas a ver a esa muchacha.

—Todavía no es mi novia, pero ya casi. Además, ahora ya las cosas no son tan formales, digamos que estamos quedando.

—Quedando en qué.

Pedro quería esfumarse de ahí para llegar en la hora libre

que tenían entre una clase y otra, para poder hablar con María.

—Se me hace que el que se va quedando es otro.

Salió sin escuchar razones y dio tremendo portazo. Por fin el autobús apareció, se subió con prisa. No iba muy lleno por la hora, así que pudo acomodarse al final y cerca de una ventana. Sacó su teléfono. Ningún mensaje por parte de sus amigos. Ese silencio le perforó la cabeza con pensamientos terribles. Echó un vistazo a sus redes sociales, seguían acribillándolo con comentarios de todo tipo. Iba de barbaján a idiota, de perverso a estúpido, de malo a traumado. Esa tierra de nadie, ese lugar sin límites para la provocación y la desmesura que era el internet lo habían convertido en un forajido, en un maleante social.

Arrebatadamente le marcó a María. Sonó varias veces hasta que entró el buzón de voz. Un desconsuelo se le colgó en el corazón. Nunca se había sentido tan abatido, tan fuera de sí. Con desesperación miraba su reloj, luego el teléfono, una y otra vez esperando llegar a la escuela y poder explicar bien lo que pasó. Despejar los malos entendidos de una chismorrería absurda que, en el ocio del vagabundeo cibernético, lo habían tomado a él como el blanco de su aburrimiento y desolación. Quizá no debió salir de casa, esperar, como dijo su padre. Se irían calmando los rumores, la desinformación, entonces él volvería a la escuela para explicar los desafortunados eventos. El tiempo hace que las cosas tomen su sitio, templa cualquier situación. Pero no, él, arrebatado como siempre, quiso arreglar el conflicto de inmediato sin saber que su inmediatez le iba a cobrar un precio muy alto.

Entró por la puerta de las canchas de futbol. Trató de pasar lo más desapercibido posible aunque de inmediato lo reconocieron un par de compañeros de equipo que practicaban. Cabe mencionar que Pedro estuvo a punto de ser expulsado el semestre pasado por “otro malentendido” —así lo dijo él cuando se excusó ante el entrenador y no por su conducta violenta e inmediata— al arremeter contra la pierna de un contrario después de que este le gritara marica porque no se levantó del pasto después de una falta. Si no pasó a mayores fue porque Pedro es un buen jugador, líder en la cancha y bastante popular. Eso mitigó el castigo, sólo lo suspendieron un par de juegos y ya. Además, Armando, al hablar con las instancias disciplinarias, argumentó lo duro que era para su hijo lidiar con el estado de su madre; si lo sacaban del equipo no tendría en donde volcar la energía —debió decir frustración, enojo—, donde hacer catarsis.

Siguió escabulléndose hasta llegar a los vestidores donde, con tan mala suerte, se topó con el ayudante del entrenador que lo detuvo con violencia.

—¿Adónde?

—Voy al patio. Necesito…

—De esta no te salvas, Pedro, al equipo no vuelves, menos ahora que sabemos que andas vendiendo drogas. Ya decía yo que tu actitud venía de la necesidad de tragarte esas porquerías. Cuál mamá enferma ni qué nada.

Pedro sintió que le hervía la sangre por dentro y le metió una patada en la espinilla que lo obligó a soltarlo, a sentarse del dolor. Violencia genera violencia y el instructor perdió la cordura al hacer un comentario tan desatinado, tan fuera de lugar, tan inmediato como dicen que es él. El chico se asustó, no atinó a decir nada, y salió corriendo rumbo al patio. Ahora sí, su padre lo mataría. Ya qué. Faltaban diez minutos para que sonara el timbre y regresaran todos a sus salones. Entre algunos estudiantes, que al reconocerlo cuchicheaban ininteligiblemente, Pedro pudo distinguir a María junto a dos amigas al fondo de la cafetería. Fue con prisa hasta ella.

—María, necesitamos hablar. Tengo que explicarte.

La chica, al verlo ahí, sudado, pálido, con un rostro de

angustia, suplicando con la mirada que le hiciera caso, no supo qué hacer. Paralizada ante esa aparición salida de la nada dejó que él la condujera a una mesa apartada de la cafetería. Sin más tuvo que escucharlo.

—No vendo droga, ni veo porno. Tú me conoces, no soy así. Tienes que decirles que cuando mi madre se extravió estaba chateando contigo, sabes bien que sí. María, yo te...

Ella no permitió que dijera nada más. Se levantó, tomó su mochila y le dedicó la mirada más fría que él había visto en su vida.

—No sé en qué andes ni me interesa, pero a mí no me metas. Ni estaba chateando contigo, ni eres mi amigo ni nada. Y por favor déjame en paz, no me conviene que me vean contigo, todos creen que estás mal...

—¿Qué dices? María, si yo sólo quiero explicarte —Pedro la sujetó del brazo con cierta fuerza, ella lanzó un grito como si la estuviera agrediendo.

Las amigas observaban la escena de lejos, malinterpretaron aquello y fueron a buscar a uno de los monitores que de inmediato acudió a auxiliar a la supuesta chica en problemas. Se necesitó de dos para someter a Pedro, se resistía a acompañarlos a la dirección.

—Déjenme explicarle. Sólo quiero explicarle.

No hubo manera, María soltó un llanto portentoso, dramático, exagerado y, custodiada por sus amigas y otros compañeros, se alejó. Él quedó ahí, varado con los sentimientos hechos trizas, regados por el suelo, pisoteados por los monitores que lo llevaban como si fuera un demonio salido del infierno de los acosadores. Ahora sí, no podía haber caído más bajo, su padre en definitiva lo iba a matar. No sólo por haberlo desobedecido, golpear al ayudante del entrenador, acosar a una compañera, sino por decenas de celulares que lo seguían como ojos muertos. Ojos vacíos que registran la desventura, que miran todo desde la distancia de una pantalla. En breve otra vez sería objeto del escándalo y la suposición. Observando aquello, Pedro se percató de que si no fuera él la presa de la cual harían la comidilla del día, él seguro estaría haciendo lo mismo. Bajó la cabeza y se dejó llevar.

Armando salió de la oficina del director de la escuela sin ninguna expresión. Con un movimiento de cabeza indicó a su hijo que debían marcharse. Se detuvo un momento y encendió un cigarro.

—La escuela es libre de humo, papá.

Dio una larga bocanada y no pudo evitar sonreír de lado al escuchar eso.

—Como si eso te importara. Ahora sí a seguir las reglas —apagó el cigarro—. De cualquier modo debería dejar esta porquería.

Caminaron hasta el auto en silencio. Pedro iba mirando el suelo, sin atreverse a levantar la cabeza. Conocía a su padre y ese ir callado no era un buen augurio, tampoco lo fue que lo dejaran afuera esperando el veredicto del director. Estaba deseoso de saber el resultado de esa reunión. Pasaron a un lado de una pequeña cafetería.

—Ven, vamos a tomar algo.

Pedro tomó aire, se anunciaba el regaño y el sermón severo. Después de ordenar en la barra se sentaron en la terraza del lugarcito. Era un mediodía estupendo. Mucha luz, un sol muy luminoso, un ligero viento que hacía recordar la época de vacaciones. Armando siempre se sentía de asueto cuando el viento le daba de lleno en la cara o en el cuerpo, quizá porque le recordaba al mar, los viajes familiares, el sosiego. No hacía calor, la temperatura era perfecta. Llegó la mesera, dejó sobre la mesita una cerveza y un refresco. Armando le dio un trago poderoso, estaba muy fría. Encendió un cigarro. Miró de reojo a su hijo que jugaba con el popote del refresco, daba pequeños sorbitos con la vista perdida en la gente que iba y venía por la calle. Volvió a beber de la cerveza y a fumar plácidamente. Ante esa actitud la desesperación del chico creció, porque no le recriminaba nada. Si otras circunstancias fueran, ya le habría gritoneado desde que salió del despacho del director. Algo andaba mal, muy mal.

—Ya, papá, si vas a regañarme, hazlo, no me tengas así.

Armando dio otro sorbo a su bebida y se limpió la boca. Todo lo hacía con lentitud, con una tranquilidad sobrada, sin apurar nada, desesperante para su hijo.

—No vendes drogas porque nunca traes un peso en la bolsa, y así fuera el peor padre del mundo lo habría notado o Sara me lo hubiera dicho, se lo he dejado saber al director. Ni ves más ni menos porno que la gente de tu edad, creo que le quedó claro, fui muy enfático en ello. No sé cómo estuvo lo del ayudante del entrenador, él se defendió diciendo que le pegaste y él nomás te detuvo.

—No fue así…

—Déjame terminar. Te conozco un poco y sé que eres un arrebatado de miedo, pero hay que provocarte, así que se lo dejé claro también al director, el ayudante tuvo que haberte hecho algo para que reaccionaras así. Además, no tenía por qué detenerte si tú no eres ni un vándalo ni has cometido un delito, o ahora los chismes y los rumores son los que se van a tomar como verdades absolutas. Tenías todo el derecho del mundo de ir a tu colegio y hablar con quien te diera la gana. Lo de la chica, cosas de muchachos, comenté, cuando se tiene tu edad las únicas personas importantes en tu mundo son los amigos, y a esa compañera tuya de clase que te gusta, ni la acosas ni pones en peligro su integridad, querías desahogarte con ella, es todo.

—Era importante…

—Bueno, era, es, será, ya da lo mismo, porque terminando el ciclo escolar, o sea, en un par de meses, te cambio de escuela.

—¿Qué?

—No me mires de esa manera. Si no te expulsaron fue porque abogué lo mejor que pude. Como todo ha sido una serie de malos entendidos, murmuraciones mal intencionadas, desinformación, exageración, y ve a saber cómo siga la telenovela de tu vida, y recordándole al director que es un adulto con criterio, aceptó hablar con la junta disciplinaria para que puedas terminar el año y sea más fácil que otro colegio te reciba. Si te hubieras quedado en casa, pero el hubiera no existe porque es el tiempo de los... Termina tu refresco, nos vamos a casa. Voy a llamar a Rosa para que sepa que voy a comer. Pide la cuenta.

Le dio el dinero mientras sacaba el celular de su pantalón. Lo encendió, lo había apagado mientras estaba con el director del colegio. Más de siete llamadas perdidas de Sara. Marcó inmediatamente.

—¿Qué pasa, hija?

—¿Por qué no atendías? Me mandaba a buzón.

—Lo traía apagado. ¿Qué pasó?

—La trabajadora social ya está aquí.

—¿Cómo? Me dijeron a las cinco.

—Pues que a ella le dieron otra hora.

—Y ¿la dejaste pasar?

—Fue Rosa, yo me estaba bañando.

—Pues dile que vaya más tarde, necesito estar yo ahí.

—Eso le dije. Ella insistió en revisar la casa, platicar con Rosa y conmigo mientras tú llegabas. Por cierto, Pedro no está, se fue al colegio.

—Está aquí conmigo, ya te cuento la nueva de tu hermano.

—Sí, ya sé, una amiga ya me mandó un *whats* contándome y unas fotos.

—Voy para allá, que espere la trabajadora social. Todo va a salir bien, tú tranquila.

—Papá…
—Dime.
—Ya vio lo de los cuchillos.
—¿Y?
—Pues Rosa le contó por qué los teníamos así, bajo llave.
—¿Por qué Rosa no se pone a limpiar y cierra la boca?
—La señora le preguntó eso y otras cosas.
—¿Y?
—No dijo nada.
—¿Qué hace ahora?
—Inspecciona la casa.
—Entretenla, llego en media hora o antes.
Colgó, fue a buscar a Pedro que estaba pagando.
—La trabajadora social ya está en casa.
—¿Eso es malo?
—No sé, de entrada Rosa ya le contó lo de los cuchillos.
—¡Ups!
Los dos salieron deprisa.

Siempre apuñalaremos a alguien queramos o no, la vida, en su sentido de supervivencia, tiene un mecanismo de defensa extraño y poderoso que funciona de manera individual para resguardarnos. Sin embargo, cuando sucedió el lamentable episodio del cuchillo, Sara no lo entendió así porque no le pareció natural abrir los ojos y descubrir a su madre parada a un lado de la cama, mirándola fijamente, empuñando un enorme cuchillo. Tan inmenso que no ves otra cosa, invadiendo la habitación, sin dejar lugar a nada más. Ni brilla ni centellea como en las películas, ni siquiera parece un objeto que en sí mismo pudiera matar… y puede. Aquello no es real, insistió Sara, son pedazos de algún retorcido sueño saltando de su mente para colarse de pronto en la realidad. Así, esa que estaba ahí, no podía ser su mamá, no con un chuchillo… y era. El miedo se le pegó al cuerpo lánguido, tembloroso, estremecido. Cerró los ojos para desembarazarse de la pesadilla, pero la voz de su madre, tan real como certera, la alcanzó:

—¿Quién es usted?

A Sara no le quedó otra opción que espabilarse. Pegar el brinco. Refugiarse contra la cabecera, tratar de crear un escudo con la almohada, tan frágil como el "esto no me está pasando". Por unos segundos se quedó paralizada, no atinó a si gritar o si correr; si tratar de entrar en razón con aquella mujer que la desconocía tan poderosamente, mirándola desde un vacío atroz. Imaginó que cualquier palabra emitida no alcanzaría a tocar la cabeza de su madre, por el contrario, podría saltarle encima y enterrarle el cuchillo donde fuera. Laura volvió a preguntar acercándose:

—¿Quién es usted? ¿Qué hace aquí?

—Papá, papá —gritó apenas saliéndole un hilo de voz por la boca—. Papá, papá —volvió a intentarlo y esta vez resonó con fuerza.

Su madre retrocedió un poco al escucharla, como intentando establecer algún contacto entre ellas. Nada. Volvió a aproximarse decidida a enterrarle el cuchillo.

—Soy Sara, mamá...

Laura bajó el cuchillo sin soltarlo. Se sentó en la cama.

—¿Eres Sara? ¿Mi Sara?

—Sí...

Laura la miró, le tocó la cara, le sonrió un poco, le acarició el pelo.

—No, tú me engañas, no eres mi hija.

Se lanzó sobre ella y Sara se cubrió el rostro. La alcanzó la punta del afilado cuchillo y sintió cómo le rasgó un brazo. Pedro apareció en la puerta, horrorizado.

—Mamá, ¿qué haces?

Corrió a detenerla.

—Pedro, llama a tu padre, se han robado a Sara.

—Ella es Sara, mamá —e intentó quitarle el cuchillo.

Forcejearon un poco mientras su hermana gritaba. Armando apareció. Entre los dos pudieron someterla. La llevaron a la habitación y la acostaron en la cama. Después de unos minutos se calmó. Armando se comunicó con el médico y le ordenaron suspender una pastilla y darle dos de otra medicina. Le indicó llevarla al día siguiente sin falta, modificarían las dosis ahora que había entrado en la fase agresiva. Cuando colgó el teléfono observó a sus dos hijos en la puerta. Sara, pálida, y llevando una toalla enredada en el brazo y Pedro, angustiado, le dijo:

—No para de sangrar.

Armando le aplicó una cataplasma de periódico, su abuela le había enseñado esa técnica, muy efectiva cuando la hemorragia no cede. La sangre de Sara siempre ha sido muy delgada, lo que dificulta detener cualquier brote por más superficial que sea. Acostumbrada estaba a sangrar: cuando se caía, cuando se mordía un labio, cuando la nariz se le resecaba y brotaba de pronto aquel hilo rojo incontrolable. Ahora sangraba también mentalmente, ese cuchillo le abrió una herida en la memoria que tardaría mucho en cerrarse.

—Pedro, te quedas cuidando a tu madre. Llevo a tu hermana a urgencias.

Mientras iban en el auto, Sara no emitió ni una sola palabra. Armando llevaba la ventana abierta e iba fumando compulsivamente, buscaba en algún lugar de su cabeza cómo explicarle a su hija que su madre no quiso matarla.

—¿Te duele mucho, hija?

—Poquito y me siento débil.

—Tú mamá no quiso hacerte daño, está enferma.

—Ya sé, papá —ella continuaba mirando por el cristal donde apoyaba la cabeza— pero —se calló.

—Dime, ¿qué pasa?

—¿Por qué mamá a la única que ya no recuerda es a mí?

—A todos nos está olvidando, a todos…

No pudo decir más porque un enorme vacío le creció en el estómago, viéndola ahí tan confundida y desvalida le entraron unas ganas tremendas de llorar. Qué hubiera pasado si Pedro no hubiera llegado a tiempo y, en vez de lastimarle un brazo, le entierra el cuchillo en alguna otra parte del cuerpo. Algo tenía que hacer, la situación ya no era llevadera. Llegaron al hospital. Los atendió un médico de guardia medio somnoliento y una enfermera mayor. Le hizo gracia el vendaje improvisado con la toalla y el periódico.

—La gente cree que esto funciona —la enfermera que lo asistía frunció el ceño—. Bueno, a veces funciona en heridas superficiales.

—Es que mi hija tiene la sangre muy delgada.

El medico retiró el papel con cuidado y desinfectó la herida. Al ver el corte lo supo, aquello no era un accidente, parecía una herida defensiva. Le pidió a Armando que esperara afuera mientras él atendía a Sara.

—La herida es grande, va a necesitar algunas puntadas. Será mejor que espere en la recepción.

—Si no le molesta, quiero quedarme con mi hija.

—Le pido que espere afuera. Por favor, no me llevará mucho tiempo.

Sin más remedio abandonó la sala de urgencias. Mientras esperaba salió a la calle y siguió fumando: "Debería dejar esta porquería". Sonrió y dio otra bocanada. Recordó aquel Beagle que le regalaron a Sara para un cumpleaños. El perro era muy bonito y silencioso. Cuando su hija lo vio abrazó a Laura, siempre reticente a tener animales en casa, y la felicidad de las dos fue más que obvia. Se puso a jugar con él inmediatamente. El perro le rasguñó una pierna y comenzó a sangrar. Aquella vez tardó un poco en detenerse pero su esposa no dejó de apretar la pierna, ejerciendo toda la presión posible, hasta que pudo colocar un curita.

—¿Cómo le vas a poner? —le preguntó Pedro.

—*Sangre.*

—¿Qué? Eres una mensa, no se puede llamar así.

—Es su perro y lo puede llamar como quiera —intervino Laura para dar por terminada la posible discusión entre hermanos—. Será divertido llamarlo así.

El perro resultó una gran compañía. Alegraba la casa y era inseparable de su hija. Armando cree que la mascota fue la primera en darse cuenta de que su esposa estaba perdiendo el control de sus recuerdos, de su memoria. *Sangre* encontraba las llaves que perdía Laura todo el tiempo. Ladraba sin parar cuando en la estufa algo comenzaba a quemarse o la plancha quedaba sobre alguna ropa. Si dejaba la puerta abierta después de recibir algún correo o algún paquete, *Sangre* se apresuraba a cerrarla. Ella lo percibía: "Buen chico, buen chico, tú sí me cuidas" y le acariciaba la cabeza. A Armando le hacía gracia esa complicidad entre su mujer y el animal. Sara a veces se ponía celosa porque no entendía cómo si estaba jugando, pasándola bien, de pronto el perro salía disparado y comenzaba a ladrar para llamar la atención de su mamá y recordarle de inmediato que algo había dejado fuera de lugar. Incluso en una ocasión *Sangre* la trajo de regreso a casa. Laura dejó la puerta abierta, salió a comprar unas cosas a la tienda. El perro debió notar la tardanza y salió a buscarla. La encontró sentada en la banqueta totalmente confundida, con las compras a un lado. *Sangre* se abalanzó sobre la cara de Laura para lamerla, movía su cola de felicidad por haberla encontrado. Ladró insistentemente hasta que ella comprendió que debía seguirlo. Laura no podía ocultarlo más y le contó a Armando.

No había nada que hacer, la enfermad era genética y degenerativa. El progreso de la misma no se podría determinar con exactitud, cada cuerpo reacciona de diferente manera. Y en el caso de ella, al ser tan joven, evolucionaría con mayor rapidez, eso sí era una certeza. No se lo dirían a los niños hasta que aquello fuera ya más que evidente. Medio año después Laura ya estaba muy desarticulada de sí misma. Armando, negado a ver la decadencia de su mujer, trataba de mantener las mismas rutinas. Todo cambió cuando Laura olvidó abrir la puerta del patio para que *Sangre* ingresara a la casa después de que fumigaron el jardín. Le picó una viuda negra. Laura no atendió los aullidos ni el ruido del animal chocando contra el cristal de la puerta. Cuando llegó su marido sólo atinó a decirle:

—El perro de los vecinos no paraba de aullar y golpear cosas. Una lata, hace poco se calló.

Armando lo encontró inerte en el pasto. Con los ojos opacos y la lengua fuera. Laura estaba a su lado, ella no comprendió por qué él estaba tan acongojado:

—Lo que nos faltaba con estos vecinos, ahora nos avientan hasta sus animales muertos. Hay que reportarlos, me oíste. Voy por una bolsa negra de basura.

Esa misma noche Armando habló con los chicos. Primero les explicó que *Sangre* murió por una picadura de araña, que algunas veces los perros, como los humanos, no tienen un sistema inmunológico muy fuerte y son más sensibles a esas cosas. No fue atendido a tiempo, el veneno lo mató. Y antes de que Sara fuera a reclamarle a su madre tal descuido, Armando le dijo cuál era la condición de Laura. Quedaron de piedra.

—Puede pasar. Tiene una hija muy fuerte, le puse sólo anestesia local. Era algo profunda. Son siete puntos. Con el tiempo se quitará la cicatriz.

—Muchas gracias.

—Necesito hablar con usted unos minutos.

—Sara, espérame en la recepción.

—Su hija me lo contó todo.

—Debe entender que…

Interrumpiéndolo.

—Sé que es duro ser viudo, señor, pero no puede dejar a sus hijos solos. Responsabilice al mayor, no está bien jugar con cuchillos en la noche mientras usted regresa de trabajar —eso último lo pronunció con cierto aire de incredulidad—. Ella me ha prometido que no volverá a pasar, se aburrieron de ver tele y se pusieron a jugar a la una de la mañana.

Armando tomó la receta, prometió evitar otro incidente parecido y se despidió nervioso. De regreso a casa el silencio permanecía hasta que lo rompió angustiado y algo molesto:

—¿Por qué le dijiste eso al médico?

—Porque para mí, desde hoy, mamá está muerta.

Rosa despidió a la trabajadora social. Sara se recostó en el sofá de la sala sin prestar atención a lo que las dos mujeres decían. Sólo oyó el portazo que dio la señora de la limpieza y el:

—Tú papá se va a poner furioso.

—No se quiso esperar, qué íbamos a hacer, ¿amarrarla para que acabara de confirmar que aquí todos estamos locos?

—Todas las familias son medio raras, no nomás la tuya. Y créeme. Yo trabajo con varias —mirándola con tristeza—. ¿Quieres que te prepare un tecito?

—¿Se la van a llevar, verdad?

—Ay, mija, no sé. Pero la señorita se veía buena persona. Seguro ella entendió lo de las cerraduras y lo de los candados.

—Pero si dijo que la teníamos encerrada.

—No, yo le aclaré que nomás en las noches para que no pasara lo del cuchillo. Y luego luego le enseñé la caja donde los tenemos bajo llave y escondidos.

—No debiste contarle nada.

—Yo no soy buena para echar cuentos, hay que decir las cosas como son, esa gente sabe si les estás mintiendo.

—En media hora que estuvo husmeando, qué cuenta se va a dar de todo lo que hemos pasado.

Rosa le acarició la cabeza y dejó a Sara en el sofá con toda su angustia. No sabía qué más argumentar para tranquilizarla.

Se le ocurrió solamente meterse en la cocina y terminar de preparar la comida: "La gente piensa mejor con la panza llena" se repitió sonriendo. Comenzó a mover trastes, a sacar cosas de la alacena. Desinfectó la verdura y mientras pelaba las papas le vinieron a la mente imágenes de cuando llegó y conoció a Laura. En ese tiempo no se le notaban mucho los desvaríos a pesar de que ya le habían advertido sobre su condición. Era muy amable y platicadora. Le gustaba hacer la comida sin que nadie le ayudara, hasta que comenzó a cocinar sin ningún sentido: ponía a cocer un bistec en una olla, servía los frijoles crudos, preparaba las pastas con puro aceite. Se quemaba las manos, se cortaba los dedos —cuando aún le permitían usar cuchillos— o se sentaba a batir por horas las claras de los huevos mientras recordaba la receta del pastel, llena de vacío o desesperación. La casa entonces se habitaba de un silencio atroz. Era el silencio antes de la crisis, antes de que Laura comenzara a ser devorada por una impotencia que la orillaba a desconocerlo todo, a enfurecerse sin control.

Afortunadamente nunca llegó a agredir a Rosa. De alguna manera ella se las ingeniaba para hacerla entender que estaba ahí para ayudarla en cualquier diligencia. Era una mil usos que el marido había contratado para cambiar un foco, para arreglar la lavadora —Laura nunca podía encenderla—, para podar el jardín, para cocinar o para hacer una limpieza general. Cada vez que iba a esa casa fingía ser alguien diferente que iba a hacer algo distinto. En ocasiones Laura la acusaba de robarle cosas, en otras de matarla de hambre, una vez hasta la acusó de encerrarla en un baño, pero siempre lograba persuadirla de que no era así, de que ella estaba teniendo un mal sueño. Varias veces sus amigas la animaron a dejar a esa familia, pero Rosa les había tomado cariño, los pobres no sabían qué hacer con Laura, eran torpes y asustadizos en su trato. Ella, la verdad, no sufría tanto porque la veía, no como quisiera que fuera, sino como era: una enferma. Quizá porque nunca la conoció sana, y se encariñó con esa Laura, la que estaba ausente y no se sabía si regresaría de ese viaje. Dejó vacante su cuerpo y de vez en vez lo habitaba como por una añoranza de lo que fue. Rosa lo entendía de esa manera, por ello era más fácil sobreponerse a los gritos, a las ocasionales cachetadas y a alguno que otro arañazo que le propinaba la señora de la casa. Armando le pagaba muy bien y los chicos eran amables, les tenía aprecio. A ella le daba lo mismo si la recordaba o no, pero no podía con la tristeza de la niña cada vez que Laura la olvidaba. Recordaba aquella vez cuando insistió en que Sara era novia de Pedro:

—No es mi novia, mamá, es Sara.

—Es linda, me recuerda a alguien…

—A tu hija, mamá, es Sara.

—Esta no es mi hija y tú estás muy chico para tener novia —se violentaba—. Armando, es todavía un niño y no quiero ver chicas en esta casa, que se vaya, que se vaya.

Entonces Sara tenía que levantarse de la mesa y comer en el sofá de la sala, en ese mismo sofá en el que ahora estaba esperando la furia de su padre que no entendería razones ni comprendería que no puede controlarlo todo. Con ese pensamiento se quedó dormida. No es que tuviera sueño en realidad, sin embargo, a veces se obliga a dormir para que las horas pasen rápido y ella no esté ahí donde suceden las cosas y nadie la toma en cuenta. Descubrió que le gusta desconectarse de su familia, anticipa la tormenta y busca refugio ahí, en el sueño. Aunque ni sueña ni fantasea con una vida que no tiene. Sara está muy hecha a las circunstancias y las conoce, las acepta, pero se cansa, se fatiga con un hermano egoísta, con un padre avestruz que llega, mira un poco, y luego esconde la cabeza. Por eso duerme o finge dormir. Su tía, otra avestruz siniestra —porque juzga todo, picotea sus cabezas, ordena, dispone y luego se va para ocultarse—, le repite todo el tiempo: “Me gusta que seas tan prudente”, porque calla y disimula lo suficiente para evadir los conflictos. Pero no lo es, en realidad es una chica desvalijada de sentimientos, le robaron el equipaje emocional para que viajara ligera por esa vida que le tocó. A Sara le hace gracia pensar que va en un tren mirando el paisaje ajeno, esperando llegar a su destino. ¿Cuál? No sabe y por ahora no le importa; que el vagón avance, se mueva, le da cierta esperanza porque sabe que crecerá y entonces dejará de ser invisible para su padre, para su hermano, para la tía Estela, para aquellos que la miran y dicen: "Pobrecita". Dejaré entonces de bajar la cabeza y de guardar silencio. De momento no los reta, no les dice nada, no por prudencia, sino porque hay un dejo de orgullo latente acompasado a sus pensamientos que le murmuran: "El que va ligero de equipaje va más rápido por la vida porque sólo guarda lo importante". Así, ella está aprendiendo a no cargar ya ni con rencores ni con resentimientos, ni con las circunstancias familiares o sociales. Ella quiere vivir su vida, ya llegará ese momento.

—Mija, ¿te rallo una zanahoria y le pongo limón y sal?

No hubo respuesta, Sara dormía lejos del rumor de lo cotidiano y del aroma a desastre. Dormía serena, apacible y distante. Por eso Rosa no insistió y volvió a la cocina.

—Rosa, Rosa, ¿dónde está?

—¿Quién?

—La trabajadora social, quién más…

—Ya se fue.

—¿Cómo que ya se fue?

—Pues así, como le digo. Anotó cosas, que ya había visto lo que tenía que ver y ya, así nomás.

—¿Por qué no me esperó? Sara, ven aquí, te advertí por teléfono, no la dejes ir.

Los gritos de su padre la despertaron y amodorrada contestó desde la sala:

—Ahora yo tengo la culpa. No quiso quedarse.

Rosa, tratando de suavizar las cosas:

—La mujer esa no se prestaba a nada, preguntaba cosas e iba de aquí para allá. Ella estaba de fisgona, insistió en que no tenía por qué esperarlo, ni un cafecito de olla quiso, nada.

—Voy a llamar por teléfono a ver qué paso. No respetaron el horario…

Salió de ahí balbuceando enfurecido, pasó cerca de Sara sin mirarla y fue directo al estudio a llamar. Sara suspiró, se levantó sigilosa y fue a ver a Pedro. Abrió la puerta de la habitación de su hermano, él iba de una página a otra por la computadora, gritando cosas y maldiciendo a todos.

—Pedro, tengo el presentimiento de que se van a llevar a mamá.

—Sí, sí, claro…

—Pedro… escúchame.

—¿Ya viste el video que subieron? Hasta mis amigos lo postearon, qué poca…

—Ya lo vi, no es para tanto, estaba peor el otro —queriendo cambiar el tema—, Pedro, se van a llevar a mamá…

—¿No es para tanto? Estoy jodido, me oíste. Tengo que hablarle a María de inmediato. Todo es un malentendido, cómo pueden decir que la jaloneé y me la quería llevar a la fuerza. ¡Ahora soy secuestrador!

Tomó el celular y marcó como poseído el teléfono de María, sólo el mensaje de voz. Luego le marcó a Jaime, buzón. A Luis, buzón. Abatido se dejó caer sobre la cama.

—Estoy acabado. ¡Qué pesadilla!

—¡Pedro, pélame!

—¿Qué? —le gritó furioso

—Seguro se llevan a mi mamá, entiendes, me late que ya no vuelve a casa…

—¿Y?

Lo dijo como si se fueran a llevar un mueble o un televisor viejo. Sara bajó la cabeza y se retiró. Comprendió entonces que hay muchas maneras de ser invisible. Su madre, despojada de la memoria, no era sino un ser que comenzaba a desvanecerse del entorno físico y afectivo. Y Pedro, que se negaba a aceptar que en breve lo convertirían en un invisible social, estaba a nada de serlo. Nunca lo volverían a ver como antes o mejor dicho: nunca lo volverían a ver. En cualquiera de los casos él ya no sería el mismo. Para bien o para mal, todos alguna vez en la vida entramos en un estado de metamorfosis, y no siempre el resultado es una bella mariposa.

Segunda parte

Se me ha perdido el mundo
y no sé cuándo
comienza el tiempo de empezar de nuevo
José Emilio Pacheco

Pedro miraba a todos sus compañeros a distancia, sentado sobre el respaldo de una de las bancas del patio central. Desde ahí tenía dominio visual de lo que pasaba en la cafetería y en las escaleras principales donde antes se reunía con sus amigos. Abatido, la nostalgia lo invadía; después del incidente en el colegio, de los rumores y chismes, se había quedado solo. Ni Jaime ni Luis le dirigían la palabra ahora. Al principio recibió de ellos un par de llamadas, algunos mensajes, hasta que paulatinamente dejaron de buscarlo. Cuando volvió a la escuela, una semana más tarde, apenas lo saludaban. Él intentó aproximarse para compartirles cómo estaba, cómo se sentía, explicarles los malos entendidos o los arrebatos provocados por la situación, esperaba que ellos lo entendieran y la amistad continuara. Lo oyeron sin oír, inquietos y mirando para cualquier lado con la cabeza baja, jugando con sus celulares, ignorándolo, como si estar con Pedro implicara estar contagiado por algún virus terrible que pudiera excluirlos, marcarlos. Sin más, poco a poco dejó de ser un chico popular, divertido y buscado por los otros. Lo bloquearon en las redes sociales y los chats de grupo. No más invitaciones a las fiestas ni más chicas observándolo de reojo después de las prácticas de futbol. Del equipo, lo echaron, no valía la pena conservarlo si al final del semestre él ya no estaría ahí.

El sol le pegaba en la nuca, el calor era insoportable. No se atrevía a buscar un lugar en la cafetería, sabiendo que su sola presencia desataba los murmullos, las miradas morbosas o curiosas de sus compañeros listos para sacarle alguna foto, subirla a la red y continuar haciendo bromas o comentarios crueles. Prefería esperar ahí, asándose, como si hubiera escogido pagar de esa manera sus actos cuando en realidad lo de su madre había sido algo azaroso, un descuido. Pedro estaba en el infierno y no sólo se le confinaba a lo mental sino a lo físico también, por eso se quedaba ahí, en esa banca del patio siendo calcinado metafóricamente por el sol y las miradas furtivas de aquellos que, desde las orillas de las sombras y desde sus teléfonos o *tablets* lo seguían juzgando sin conocerlo o desconociéndolo quienes habían fraternizado alguna vez con él. Podía soportar toda esa indiferencia, ese estar sin estar, los ecos deformados de las historias en torno suyo: que si pervertido, cruel, acosador, violento o loco, le daba igual, pero haber perdido a María, eso, era lo único que le dolía verdaderamente.

Por eso cuando se enteró de que su madre quizá no volvería a casa, que sería probablemente internada en un lugar especializado, sintió un alivio poderoso que por un momento le devolvió el buen humor. Ese cascarón que era Laura por fin salía de su vida, de sus vidas, sin ella podrían recuperar lo perdido. Cuando se lo dijo a Sara, así como si nada, desprovisto de inquietud, con esa voz casi eufórica, no imaginó que su hermana sólo le diría: "Cuando la extraviaste, nos perdiste a todos". Ahora, sentado ahí, en la miseria de sí mismo, cobijado por el egoísmo inmediato de pensar que sin su madre todo iría mejor, se da cuenta de que Laura no es la culpable de que él esté en el fondo de un pozo cuya luz en lo alto parece inalcanzable.

Bebió un poco de agua, estaba ya caliente, como todo él. Reflexionó sobre la posibilidad de buscar otro lugar estratégico para mirar la vida desde la distancia, como si hubiera sido abandonado en una isla y desde ahí sólo pudiera imaginar cómo era esa vida antes de quedar relegado a la soledad. Le quedaba claro que ni su hermana ni su padre eran suficientes, mucho menos la tía Estela y los retardados de sus hijos con los que se llevaba mal, tan perfectos, tan buenos. Suspiró intentando desvanecerse en ese suspiro, cerró los ojos. Se estaba mejor en esa oscuridad roja porque el sol le pegaba de lleno en la cara reconfortando su abismo. Estuvo así unos minutos, cuando los abrió se encontró con Rodolfo, uno de los ñoños del grupo y que siempre le ha caído mal.

—Qué hay —le dijo por ser amable, luego se levantó de la banca para ir al salón; en breve se reanudaban las clases.

—Nada —contestó Rodolfo sin quitarle los ojos de encima.

—Bueno, pues a clase ¿no?

Lo perforaba con esos ojos grises y medio adormilados que le valían el mote del "Down".

—Tienes algún pedo conmigo o qué.

—No, ninguno.

—Entonces esfúmate.

Rodolfo se sonrió y eso desató la furia de Pedro.

—¿Qué te traes? Mira, lárgate, no estoy en mi mejor día.

—Pues acostúmbrate a ser un apestado.

—Mira, güey, no creas que porque estoy a la baja voy a ser tu amigo, o de los otros noños y noñas del salón. Hay una enrome diferencia entre nosotros.

—Eso, ni qué decirlo. Además, yo no quiero ser tu amigo, no te hagas ilusiones, a nosotros tampoco "nos das imagen". Ves allá —señalando a los grupitos de *nerds* de su clase—, apostamos a que no me animaba a venir para decirte apestado y a comprobar que estás bien traumado y loco, mira que perder a tu madre...

Pedro se abalanzó sobre Rodolfo y lo sujetó con fuerza de los brazos.

—Te voy a partir la cara.

—Pártemela para que te largues de una vez de la escuela. No sabes cómo lo vamos a disfrutar.

Lo soltó. Rodolfo recuperó su mochila y le dedicó una sonrisa llena de satisfacción.

—Qué se siente ¿eh?

—Nada.

—Pues lo vas a sentir.

—Yo a ti qué te hice.

—Nomás le dijiste a todos que era un marica.

—¿Y?

—Que no soy marica.

—¿Y?

—Aunque ahora entiendo, qué otra cosa se puede esperar de un pervertido que ve porno todo el día y por eso pierde a su madre…

—Yo no soy un pervertido.

—¿Y? —Rodolfo lo pronunció imitándolo con una satisfacción inusitada que obligó a Pedro a justificarse y a bajar la guardia.

—Son rumores, mentiras…

—Pues aquí todos lo dan por un hecho —y sacó una revista *Playboy* y se la dejó a un lado de la banca—. Toma, para que te entretengas.

Pedro quedó paralizado, no pudo ni reaccionar. Cuando por fin salió del asombro Rodolfo ya no estaba ahí, sino con sus amigos quienes lo felicitaban rumbo al salón de clases. Lo que le faltaba para acabar de encerrarse en el infierno más perfecto: el apestado de los apestados. Qué esperaba, bien se lo habían dicho: la violencia, de cualquier tipo, genera más violencia. Ni siquiera tomó la revista para tirarla en la basura, la dejó ahí sobre la banca, seguro alguien estaría por ahí entre las sombras esperando a que lo hiciera para sacar la instantánea ideal que pudiera colgar en las redes. Sí, todas esas *apps* al servicio de su decadencia. Su hermana, en alguna ocasión comparó ciertas *apps* con un gran y poderoso Kraken cuyos tentáculos mortales asfixian la vida de quien sea. Con cierta ironía recordó cuando él soltó varias mentiras en un programita de esos que te dan la valentía o la maldad que ofrece el anonimato: "Indiscreciones" se llamaba, sobre compañeros o maestros que le caían mal. Era divertido ver las caras de angustia al llegar al colegio, sobre todo a los profesores a quienes acusó en más de una ocasión de molestar a las alumnas, o a las maestras de ser frígidas y por eso tener pésimo carácter. Elaboraba de una manera tan creíble los agravios, daba detalles tan precisos que hasta le consultaban de vez en vez cómo hacerlo. Era diversión, cosas de la edad, y así justificaba el obrar con ese dolo que lo volvía insensible a aquello que no le interesara. Es fácil lastimar a quien no conoces ni sabes qué pasa con su cotidianeidad. Sin remordimientos, todos lo hacían, aunque él en eso era muy bueno: en destrozar la moral de quien fuera.

Se dirigió a la puerta de salida, no le apetecía volver a clases. Antes de salir se topó de frente con Jaime. Chocaron sin querer. Él evitó mirar a Pedro y se escurrió rápidamente sin decirle nada. De ahora en adelante así sería su vida, no la de un invisible que de alguna manera está aunque nadie lo perciba, sino la de un apestado que desde su putrefacción sirve para divertir a los otros.

—Ha estado todo el fin de semana sin salir de su cuarto, papá.

—No lo entiendo, en vez de portarse como hombre se encierra. Ni una vez siquiera ha preguntado por su madre —subió más el tono de voz y su enojo—. Si no quiere salir que no salga. Si no quiere ir al colegio peor para él. Es más, lo voy a meter en una escuela virtual para que siga encerrado haciendo drama y pegado a la computadora noche y día. A ti —ordenó a Sara—, ni se te ocurra volver a llevarle comida a su habitación —tocó con fuerza la puerta—. Me oíste, no más, Pedro, no más condescendencia contigo, me tienes harto. Compórtate, la vida sigue: madura.

Sin inmutarse ni un poco Pedro se puso los audífonos con la música a tope y siguió navegando por internet buscando una isla en donde anclarse, vagando como un paria en la red sin rumbo, buscando entre blogs, páginas y chats de dónde asirse, un pequeño lugar al cual pertenecer...

Durante ese fin de semana de encierro total revisó los muros de sus conocidos de las redes sociales que aún no lo habían bloqueado. Entre esa gente nada importante, ni entre los conocidos a los cuales aceptó para demostrarle a los demás la cantidad de amigos que tenía. A familiares no aceptaba jamás, salvo a su hermana, quien por cierto no paró de mandarle *inbox* larguísimos que no leyó, borró sin más. Su angustia y ruegos para que le abriera la puerta lo agotaron, lo asquearon. Igual la bloquea. Pasó de esa red social a la aplicación "Indiscreciones" intentando desprestigiar, quemar hasta lo insólito, a Jaime y a Luis. Con María tampoco tuvo clemencia y la rebajó lo más que pudo. Estaba lleno de rabia y rencor, obsesionado con castigar. Sin darse cuenta cavaba más su tumba, pues esos rumores esparcidos bajo el aparente anonimato lo evidenciaron y fue atacado tan brutalmente que lo despojaron de cualquier posible redención, aunque fuera ante él mismo. Dio de baja su cuenta en la red social convertida ya en un muro de insultos y degradaciones.

Atrincherado en su miseria social pensó abrir un nuevo perfil con una identidad falsa y solicitar amistad a los que lo habían rechazado. Inventarse un personaje que sabía les iba a caer bien a todos, pues los conocía de sobra. Y María —su obsesión por ella ahora sí era tal— caería enamorada de él porque en el fondo le gusta cómo es Pedro, aunque ahora se llamará... bueno, ya escogería un nombre, fotos, familia. Escogió esa idea como aliciente para sobrellevar el fin de semana, ahí tramaría su venganza. Se desdoblaría en otra persona, ganaría la confianza de sus excompañeros y amigos, se haría el confidente. Acabarían por entregarle sus secretos más íntimos y personales. Siempre ha sido bueno preguntando, escucha; sabe cómo manipular la información, es divertido, ocurrente. No, pero debe ser distinto, que no sospechen ni tengan siquiera una pequeña duda sobre la veracidad de su otro yo. Debe estudiar bien su papel. Ahora lamenta no haber tomado la optativa de teatro. Da igual, puede con eso y más, lo mueve el odio, la revancha.

Crearse una nueva familia también le vendría perfecto. Harto estaba de su padre, siempre le ha parecido un tipo sin más aspiraciones que granjearse un puesto importante en su empresa, sólo piensa en trabajar, en llegar a ser muy importante. La ambición lo pierde, su mediocridad lo mata. Y su familia, también. A Pedro no le contaron ni lo supuso, lo escuchó de su padre cuando abatido reprochó al abuelo —a ese que no ven nunca porque siempre están distanciados por cualquier disputa— la mala suerte que le legó como herencia y esa idea fatalista de las cosas. Le enseñó a ver la vida sin esperar nada bueno, "si llega qué bien, pero si no, ya lo sabías y puedes seguir adelante". Así que a seguir de frente con el destino que le tocó y a resignarse con una esposa vaciada de recuerdos a la que ya no ama sino compadece; con una hija que está siempre en otra parte, con un hijo egoísta, violento e irresponsable. Qué hizo para merecer eso, lo repite todo el tiempo frente a sus hijos, y olvida que él también se esconde, se aparta. Todos en esa casa se desmoronan, como diría Sara con esas ojeras inconmensurables que le han salido desde que su madre no está ya en casa: "Estamos atrapados como los hermanos Usher. Sí, esta es *La caída de la casa Gálvez.* Aunque no sé si me gustaría más desbarrancarme y morir aplastada por la casa o ser sepultada en alguna de estas paredes". Su humor macabro, casi negro, siempre lo deja sin habla. Sí, a su hermana también la cambiará, se va a inventar una más normal, una de esas que tontean todo el tiempo y cuya única ilusión es escuchar la música del desabrido güero de moda y comprarse ropa brillante y llamativa.

¿Y su madre? Hubo un silencio mental, casi de duelo, y se sentó en la cama. Apretó los dientes. Los ojos se le enrojecieron un poco. Se recompuso de su breve momento de estupidez sentimental y acordó que a ella igual la cambiaba. Arrasaría con todos, siempre se ha sentido un adoptado, que no pertenece ahí, a veces hasta ha fantaseado con la idea de que cuando era niño cambiaron los identificadores de las cunas y él será reclamado tarde o temprano por su verdadera familia.

Bajo esa premisa de transformar su vida inmediata, por lo menos de manera virtual, comenzó a buscarse otro yo.

Uno que sin ser su antagónico sí fuera bastante diferente, alguien que no pudieran asociar con lo que es, aunque en esos momentos ni él mismo se reconocía. Después de un par de horas estériles mirando la pantalla, husmeando en la existencia de los otros para desde ahí buscarse un yo que pudiera articular en la realidad de la que fue expulsado, se detuvo. Fue al baño y se lavó la cara. Se miró al espejo. Primero sintió una rabia creciéndole por dentro, tanto que enrojeció su rostro. Resopló lleno de cólera, a punto estuvo de dar un puñetazo a ese otro yo que desde el espejo no le daba ninguna concesión ni lugar donde esconderse. Ese de ahí era Pedro, el que perdió a su madre y el que vale madre. Adonde fuera estaría él, no había manera de sacarse la piel o su imagen, al final estaría él y sólo él. Para qué inventarse un personaje, un yo superlativo o ínfimo, un yo al que quisieran todos, con una casa fabulosa, con una familia envidiable. Sólo maquillaría su miseria, suya solamente, porque necesita un avatar para vivir, porque el Pedro que es no le basta, necesita un mundo ilusorio que la gente observe desde las ventanas cibernéticas y crea real. Un estado ilusorio, perfecto e inverosímil. Eso es lo que le gusta a la gente, a eso le ponen montones de "me gusta". Sin embargo, aunque eso funcionara y fuera el más popular en ese mundo donde todo se enmascara, con el paso del tiempo tendrían que conocerlo, ahí no habría escapatoria, él es él y la misma mentira de crearse otro yo le valdría para confirmar todo lo que ahora dicen.

Cuando admitió esa certeza, reconoció en su rostro algo de sosiego. Se tiró en la cama y, agotado, durmió.

Despertó por los destellos de luz uniformes que la computadora arrojaba sobre su rostro, eran imágenes al azar que había tomado de sus álbumes fotográficos y usaba como fondos de pantalla intermitentes. Pedro aparecía en todas las fotos feliz o divertido, rodeado de gente, de amigos, viajando y sonriendo. Observó detenidamente cómo iban y venían esas fotografías como diapositivas crueles. Se incorporó y fue hasta el tablero para cancelar ese comando.

—Estúpida, ni se te ocurra volver a hacer eso.

Se sorprendió hablando a la máquina como si esta entendiera y con intenciones perversas hubiera hecho aquello para llamar su atención, para recriminarle lo perdido. Se sacudió la cabeza y abrió la ventana para limpiar el aire viciado de la habitación y refrescarse del encierro. Las computadoras no hacen sino lo que tú les dices, quizá tenga un virus, abrió tantas páginas sin tomar en cuenta los avisos de privacidad, los *cookies* o los posibles daños al equipo, o simplemente él activó algún comando sin darse cuenta. Es eso, nada más. Reinició la computadora para asegurarse de que no haría nada parecido otra vez. Rio nervioso recordando esas películas de terror que a veces ve con Sara. La última fue sobre un refrigerador asesino que se enamora del inquilino a tal grado que mata a aquellos que se interponen en su idilio. La escena donde descuartiza a la novia con la puerta del congelador es memorable y de un sadismo espectacular. Se divirtió muchísimo viendo el ir y venir por el minúsculo departamento a ese refrigerador viejo, obsoleto y de un color amarillo cegador. Y pensó que tal vez él como el protagonista de la película podría enamorarse de esa chatarra si cada vez que abre sus puertas en vez de observar cabezas decapitadas, miembros cercenados, aquello es trastocado por la ilusión de comidas deliciosas y bebidas afrodisiacas, mientras en realidad ahí, ese refrigerador guarda los cuerpos de sus víctimas. Qué buen rato pasó con su hermana. Claro que ella, al final, después de reírse durante la película sin parar se consternó un poco, porque todo lo comenta, lo indaga, lo desmenuza.

—Pedro, dicen que a los objetos los imantamos con nuestra energía y responden a nuestros deseos más ocultos o necesarios.

—Pues aguas, no te vaya a morder tu celular.

—No seas menso, no me refiero a eso.

—¿A qué? No vas a creer que la tele ahorita nos brinca y nos traga las cabezas porque acabamos de ver una película chafa de *gore.*

—Hablo en un sentido figurado.

—Mejor habla en español, ¿eso qué es?

—No te ha pasado que de pronto estás triste y pones la música de tu celular y ¡zas!, salen puras canciones que querías oír o necesitabas oír, y lo pusiste en aleatorio, eh. O de pronto ¡zas!, una foto que al abrir tu álbum aparece ahí aunque fue tomada hace ya mucho tiempo. O alguna alerta que no pusiste y te señala una fecha importante.

—No, nunca.

—Por favor, Pedro, si estas cosas pasan.

—Pues a mí no.

—Acuérdate de que papá cuando está muy enojado funde la batería del coche o tarda mucho en encender.

—No enciende porque lo ahoga, es un desesperado que maneja muy mal, por cierto.

Sara bajó la cabeza abatida, quizás esperaba que su hermano fuera menos inmediato y entendiera lo que verdaderamente intentaba decirle, aunque en realidad era triste esa idea de que los objetos electrónicos se llenen de nuestra energía y comiencen a ser un poco autómatas. Pero a fin de cuentas son eso: objetos robotizados que hacen tareas que nos facilitan la vida y en los cuales nos abandonamos. A Pedro le pareció escalofriante en esos momentos llegar a pensar que su celular lo conociera mejor que nadie y fuera el único en brindarle algún consuelo en un momento crucial, o el tostador, o la cafetera, o el automóvil o cualquier dispositivo electrónico. Se estremeció un poco al pensar que su computadora pudiera haber tenido la voluntad o el deseo de despertarlo al encenderse de improviso —estaba en estado de reposo—, y arrojarle a la cara su vida pasada. Movió la cabeza negando esa idea absurda y con una sonrisa de lado la recriminó:

—A ti ni se te ocurra enamorarte de mí, ni mucho menos matar a mi familia. A esa la mato yo…

Conectó internet y siguió navegando sin rumbo por el ciberespacio.

Armando, furioso, tocó la puerta insistentemente.

—Ábreme, tienes que ir a la escuela.

Pedro ni se inmutó y continuó inspeccionando el techo con ojos ávidos de encontrar alguna grieta por la cual fugarse para siempre.

—No lo voy a tolerar más, me oíste, tumbo esa puerta y te hago entrar en razón.

¿Cuál razón? ¿La de su padre? Pedro ya había tomado la decisión de no terminar el semestre, no volvería al colegio. Aún no se la había comunicado a Armando que continuaba gritando y maldiciendo. Le daba igual, perdió hasta la noción del tiempo, día y noche eran indistintos, sólo deseaba crecer de golpe o quedarse ahí tumbado esperando a que el tiempo pasara disimulado sin hacerle caso, sin ocuparse de él. Llevaba varios días sin bañarse y con la misma ropa pululaba en la habitación o por la casa cuando se quedaba solo. Para su fortuna tenía un pequeño baño, eso facilitaba el abstenerse de salir para toparse con la cara de su padre y sus recriminaciones. No estaba preparado para argumentarle nada, para explicarle cómo estalló por dentro quedando casi muerto. No lo comprenderían ni Armando ni Sara porque él tampoco entendía ese sentimiento de abandono hacia sí mismo. Su contacto con el mundo se reducía a una ventana en su cuarto que daba a la calle. De vez en vez levantaba la pesada persiana, esa que lo mantenía casi todo el tiempo a oscuras, y observaba el ir y venir de la gente mientras esperaba a que su familia se subiera al auto para marcharse. Cuando estaba seguro de que se habían ido, asaltaba la alacena y se llevaba provisiones para abastecerse por lo menos un par de días. Esa penosa tarea era lo único que lo arrancaba de ese espacio asumido como trinchera, como un bunker personal que lo mantendría a salvo por tiempo indefinido.

La pantalla de la computadora, al igual que la ventana de su cuarto, eran lo único que lo conectaba con el mundo. Durante varios días había agotado muchas de las posibilidades que le ofrecía la red: los odiosos videos de perros y gatos, las noticias nacionales —de carácter amarillista y con fotografías dignas de cualquier *remake* de *Masacre en Texas*— sobre raptos, violaciones, robos, nuevas enfermedades o síndromes pululando por doquier. Escándalos políticos, huelgas, catástrofes aéreas y naturales, tráfico de órganos. De vez en vez alguna noticia, como sacada de un mundo imposible o ajeno al nuestro, detallaba la aventura de un buen samaritano que salvó a una foca, algún otro que adoptó a un niño chino, la solidaridad de un anciano ayudando a otro; por lo demás, luchas y rebeliones, asesinatos y caídas de la bolsa. Nunca había estado tan enterado y tan asustado de vivir en un mundo tan atroz. Una noticia llevaba a otras similares, de ahí a otras, y así una cadena de violencia imposible de asimilar o describir. Se imaginó ese torrente información o desinformación desenfrenada como un monstruo de miles de cabezas cuyo único fin es encadenarnos al miedo y a la desesperanza. A lo mejor su padre tiene razón y no sólo él heredó del abuelo esa fatalidad asfixiante sino que es un rasgo destacado de la humanidad. Asqueado de tanta porquería intentó buscar páginas de sexo gratuito. Si decían que él era de esos enfermos, pues que se hiciera verdad. No consiguió nada. Después de pinchar que era mayor de dieciocho años, así, sin más verificación, le solicitaban invariablemente una tarjeta de crédito. Ya se la robaría a su padre.

Se levantó de la cama. Comprobó que el auto no estuviera. Con sigilo abrió la puerta de su cuarto y llamó a Sara un par de veces, quería estar seguro de no topársela en la cocina y que ella comenzara a recriminarlo. No hubo respuesta y se fue directo a buscar comida. Abrió el refrigerador, bebió leche, comió jamón y queso directamente de los empaques, como si hubiera estado meses sin comer en una isla, condenado a cocos y algún pescado crudo. Se aprovisionó de varias latas de refresco, una bolsa de papas fritas grande, una caja de cereal, unas manzanas y uvas. Hizo un batidero terrible y dejó la cocina hecha un desastre, a diferencia de la casa que estaba muy ordenada. Eso le llamó la atención. Desde que su madre ya no estaba ahí, Rosa podía tener todo en su sitio. Miró el reloj, seguro no tardaría en llegar, así que por lo menos el desastre de la cocina no sería motivo para otra discusión —de pared a pared— con su padre, y él podría seguir echado en la cama o navegando por internet, aunque, la verdad, se le acaban las opciones. Por otra parte Rosa le dejaría al pie de la puerta algún caldo de pollo —el encierro ella lo veía como una enfermedad —, o algún lonche.

Frente a la computadora, eligió probar las comunidades virtuales: visitar esas ciudades cibernéticas en donde podías crear un avatar ridículo o amenazante para convivir con gente que bajo una imagen y personalidad inventada circulaba por cafeterías, bares, ferias, cines, parques, escuelas, hasta trabajos. "¿Quién quiere un trabajo si puedes escoger una vida como te dé la gana?", pensó mientras inspeccionaba esos lugares repletos de gente… virtual. Descubrió incluso que podía tener un departamento o casa o granja o lo que le viniera en gana, ilimitadas parecían las posibilidades y las historias que podías encontrar en esos lugares.

De los muchos que inspeccionó escogió uno porque le

pareció el más exuberante. Se confeccionó un avatar bastante normal e insulso de entre las combinaciones permitidas y lo nombró "Iván, el terrible". Optó por él llevado por una nostalgia tonta: su madre lo llamaba así de vez en vez, cuando se ponía imposible de tratar y berrinchudo. Pedro le preguntó por qué lo llamaba así, y ella lo abrazó con mucho cariño: "Porque eres iracundo, arrebatado y terrible, como ese personaje histórico ruso del que hicieron una película". Hace algunos meses —antes de extraviarla— su madre le volvió a decir de pronto: "Tranquilo, mi Iván, el terrible", mientras él tiraba de malos modos la basura en el bote y maldecía. Por un momento el vacío de aquellos ojos recobraron luz y él creyó recuperarla. Le entraron ganas de ver la película, la buscó entre las que su madre guardaba debajo de la gaveta de la televisión y la puso. Laura soportó media hora sin levantase, después se puso en pie y se fue sin rumbo y balbuceando cosas. Él se quedó ahí mirando en blanco y negro las desgracias de un zar ruso que desde adolescente se hizo cargo de un imperio. Observó una y otra vez esos ojos tan llenos de ira como de poder, quizá por eso su madre seleccionó ese nombre; aunque ahora que lo reflexionaba, era un poco contrastante ese *nickname* con la apariencia escuálida y nada amenazante de ese cuerpo de pixeles un tanto gris que él mismo confeccionó, por eso decidió hacer una modificación a su avatar: le añadió unos ojos descomunales y furiosos que le conferían un aire cínico y psicótico.

Antes de echarse a andar por la ciudad y "conocer" a sus habitantes, se felicitó por la elección: no desentonaría con los otros avatares estrafalarios o antropomorfos, ridículos, bestiales, cursis o de plano imposibles. Firmó por último su ciudadanía. Al final de varios párrafos, que ni leyó ni le importaron —él iba de turista tóxico por esos parajes irreales—, se le explicaba que si se ausentaba por vacaciones debía avisar, y si quería abandonar la comunidad debía lanzarse a El abismo; con ello, su avatar no podría ser ni usurpado ni reutilizado. Tras los "acepto" de rigor estaba listo para introducirse.

Lo recibieron en la puerta principal de una ciudad amurallada —¿para qué o por qué? Seguro para crear un ambiente dramático y distintivo—, dos tipos con aspecto de guaruras —"Unos ñoños seguramente en el mundo real", pensó Pedro—, le ofrecieron ser sus guías, él los rechazó. Le entregaron unos créditos, era la moneda de uso para ese lugar, suficientes para instalarse en un hotel y subsistir unos días mientras lograba establecerse. Comprar un departamento vendría después si decidía quedarse. Le quedó claro, ahí se trabajaba para ganarse la vida como cualquier ciudadano del mundo real, eso supuso, pero sus anfitriones, como adivinando su pensamiento, lo corrigieron: "No, estás equivocado, aquí se juega a trabajar, a vivir, a ser un otro mismo, ya lo entenderás". Pedro agradeció algunas recomendaciones y sin rumbo recorrió la ciudad. Entró y salió de infinidad de lugares: museos, centros comerciales, casinos, restaurantes, clubes deportivos, hasta visitó una biblioteca laberíntica —le hubiera encantado a Sara—, eran inagotables los espacios que se multiplicaban sin parar, como esos seres salidos de mangas y películas asiáticas.

Aquello definitivamente no era para él y preguntó dónde quedaba El abismo. Una chica, con cara de conejo y cuerpo de porrista, le indicó el camino, no sin antes decirle que esos ojos tan saltones y macabros le parecían muy bonitos. Él no pudo devolver el comentario, pues esa cara de conejo blanco con labios y nariz de color rosa pálido le parecían repugnantes. Continuó la caminata y ya con cierto enfado se sentó en la banca de un parque. Segundos después y como salido de la nada, un hombre trajeado, exageradamente corpulento, se sentó en la misma. Pedro, en ese instante, mientras observaba esa mole de ser desproporcionada, cayó en la cuenta de lo irreal que era todo aquello y también de que llevaba más de cuatro horas "jugando" sin percatarse. Se había compenetrado de tal manera en ese espacio que de verdad se sentía Iván, el terrible, vagando por la ciudad.

El hombre gigantesco lo miró y le habló.

—¿Cómo te llamas?

—Iván, el terrible —lo pronunció con un tono grave para darle más carácter a su papel, aguantándose la risa, porque en realidad todo ese universo le importaba poco.

—¿Y qué tienes de terrible? —lo dijo con cierto aire despectivo.

Pedro se mordió las uñas desde el otro lado de la pantalla, nunca se esperó eso y sin más hizo que Iván contestara:

—La manera en que miro las cosas.

La mole trajeada soltó una carcajada sonora que estremeció las hojas de los árboles bidimensionales del parque, como si una ráfaga de viento de verdad hubiera sacudido sus ramas. Pedro se sintió más estúpido que cuando accedió unirse a la "comunidad" y agregó:

—Voy a El abismo a darme de baja, este lugar me parece una pasada pero no es para mí, porque en realidad me vale madre y me parece una pendejada, ¿podría indicarme el camino?

—¿Por qué no buscas un hotel, te pones en modo dormir, te lo piensas bien y mañana te tiras en él? Aquí a lo mejor encuentras gente como tú, Iván, el terrible —lo seguía pronunciando conteniendo la risa—. Por la noche hay muchos sitios que podrían interesarte.

Se puso de pie, era tan inmenso como un edificio, y se alejó con pasos pesados y desconsolados. Estuviera a lo que estuviera jugando, se veía que ese hombre no lo disfrutaba, había en él un dejo de abatimiento tan intenso que a Pedro le contagió angustia y mal humor. Además, era verdad, ¿cómo se le ocurrió un *nickname* tan estúpido? Lo peor, cómo se le ocurrió encontrar algún tipo de ¿consuelo? en una ciudad virtual en la que en su primer día ni había hecho amigos y ya se habían burlado de él.

Escuchó a Rosa tocar con insistencia y eso lo volvió a la realidad:

—Mijo, te dejo un caldito de pollo para que no te me enfermes. Tómatelo ahorita que está calientito. Si quieres te lo pongo en la mesa y mientras te lo comes yo limpio tu cuarto.

—Déjalo ahí, Rosa —le ordenó—, no voy a abrir.

Pedro buscó el comando para hacer dormir a Iván, el terrible, y lo dejó varado en el parque, sobre esa banca. "Odio los parques. Todo me pasa ahí..." Se levantó para caminar un poco, abrió la ventana y el aire circuló refrescando el ambiente. Escuchó a Rosa alejarse de la puerta y con sigilo abrió, tomó la charola con el caldo de pollo y lo devoró en pocos minutos, estaba delicioso, sintió sueño. Se recostó en la cama y se quedó dormido.

Soñó.

Estaba perdido en esa ciudad plana que imitaba la realidad de la que él intentaba escapar. Las calles estaban atiborradas de seres inconcebibles y algunos otros llevaban máscaras de caras pixeleadas de gente que conocía. Entre el tumulto pudo reconocer a María, de la mano de Luis. Iván, el terrible, con sus enormes ojos los observaba. Pedro no se veía a sí mismo, sino a través de su avatar, y la imagen onírica la percibía a momentos como si flotara entre esos seres animados. Sintió la ira de Iván, su tristeza. Entonces sus ojos y los de su doble terrible se fundieron. Deseaba con todas sus fuerzas que a Luis se le cayera esa cara falsa y mostrara la verdadera, la de esa rata inmunda que le había arrebatado a María. Y así fue, la cara del que antes fuera su amigo se cayó a pedazos, como la de algunos otros mostrando sus verdaderos rostros, animales rastreros, viles y peligrosos. Los odiaba tanto. La misma María no escapó a su mirada reveladora y siniestra dejando entrever su verdadera faz, la de una mujer-hiena que iba y venía de manera intermitente, como si fuera una moneda al aire que muestra por un lado una chica y por el otro la fatalidad. Porque así veían las cosas Iván y Pedro, sin matices, sin relieves: o están contigo o están contra ti. Esa era su verdad, y como otra máscara que se cree la única, Iván fue desnudando rostros con sus ojos dictatoriales, descomunales e irascibles, mientras Pedro iba imponiendo su versión irrevocable y certera: todos ellos lo juzgaron mal, lo condenaron y lo desterraron.

A lo lejos vio un punto negro que, tal como se iba acercando adquiría forma, iba directo hacia él, era el hombre gigantesco. A su paso iba retirando con sus enormes manos a los seres virtuales que emitían ruidos de sintetizador electrónico al estrellarse contra los edificios. Iván o Pedro, los terribles, disfrutaban del caos y el pánico que provocaba ese ser entre los minúsculos e insulsos avatares.

—Aplástalos a todos —gritó—, como si ese hombre lerdo que caminaba sin prestar realmente atención a lo que hacía fuera suyo y respondiera a su rencor.

El gigante detuvo su marcha justo frente a él. La imponente sombra de aquel ser hizo que todo alrededor pareciera noche, y sin inmutarse un poco, sin ninguna expresión, habló:

—Los voy a lanzar a todos a El abismo...—y dejó caer su pesada mano sobre ellos...

Pedro abrió los ojos. Se sentó en la cama y, saliendo del sueño profundo, escuchó a su padre tocando con fuerza la puerta.

—Abre, Pedro, o te juro que la tumbo y dejo sin puertas toda la casa, me oíste.

—Ya voy.

—Te doy cinco minutos, no más. Te esperamos en la cocina para comer.

Pedro sonrió de lado. Su padre podría tirar o triturar todas las puertas de la casa, del mundo entero, y aún así no podría abrirlo a él. Puerta inmutable, dura, infranqueable. Él estaba dentro de sí mismo y no saldría de él por lo pronto, o quizá nunca. Descubrió en esos días de encierro que no hay mucho por qué salir, ni hay mucho por quién mostrarse. Nada es seguro ahí afuera, ni la amistad, ni el amor, ni la familia, nada. Todo se desmorona por un accidente genético, por un descuido, por malos entendidos que provocan enredos descomunales cargados de mentiras y suposiciones. Todo es frágil, endeble, no se sostiene más que por un hilo tan delgado que no soporta ni una equivocación. Te agreden, te juzgan, te maltratan y debes soportarlo como si fuera una instrucción salida de la cabeza de algún loco. En realidad, los que habitan ese mundo que ahora despreciaba tanto, estaban tan perdidos como él, tan aislados como él. Y ese avatar "terrible", aun desde la realidad virtual, le arrojaba a la cara que ni en el juego uno deja de ser uno mismo, y que al final nos quedamos dialogando solos o nos tiramos al abismo.

La comida estaba servida. Rosa se llevó la mano a la boca al ver al demacrado Pedro aparecer y no pudo evitar exclamar:

—¡Válgame la Virgen!

Sara se tragó junto con la sopa cualquier comentario, mientras Armando, con un ademán, le ordenó sentarse disimulando su sorpresa ante el aspecto de su hijo que llevaba casi una semana encerrado.

—Terminando de comer te bañas, apestas.

—No tengo hambre. Ya comí...

Armando, sin mirarlo, golpeó la mesa.

—Pues comes otra vez, sírvele, Rosa.

Sara, al igual que todos los cubiertos, se cimbró.

—No voy a soportar más tus payasadas ni caprichos. Mañana, al colegio.

—Ya no quiero ir y no voy a ir.

—Ya, ni Sara, carajo, compórtate como hombre. Además, no te mandas solo.

Su hermana se levantó de la mesa molesta y dejó el plato en el fregador. Armando la detuvo:

—Y tú ¿adónde vas?

— Mejor me voy, igual y ni me pelan. Soy un cero a la izquierda...

—Sin dramas, hija. Te sientas, te callas y nos escuchas.

—Papá, ella tiene razón.

—Ahora sí, muy unidos —volvió a golpear la mesa con furia—. ¿Qué les pasa a los dos? ¿No se dan cuenta de la situación, o qué? Su madre desconectada y en un lugar carísimo, parece que pago la universidad de un hijo. Tú, deprimido porque ya no te hablan tus amigos y te cortó la novia…

—No era mi novia —y apretó los puños.

—Y Sara… —mirándola como buscando algo que decir—. Bueno, Sara es Sara —retomando su conversación con Pedro—. Hijo, necesito que me apoyes, que te hagas responsable, no puedo con todo solo. Ya no está tu madre, necesito que cooperen.

—No quiero ir a la escuela, puedo presentar trabajos y hacer los exámenes finales. No quiero volver —se le quebró la voz—, no quiero…

—Está bien —conmovido de la reacción de su hijo—, pero si prometes no encerrarte.

Pedro no contestó y comenzó a comer desganadamente. Sara no podía creer aquello:

—Pues yo tampoco quiero ir a la escuela.

—Tú vas al colegio y punto.

—¿Y por qué yo sí y él no?

—Porque sí, y porque soy tu padre. Te callas y comes.

—Yo también sufro en la escuela, soy la pobrecita hermana del degenerado, del pervertido, del acosador, del loco que perdió a su madre, ya no aguanto tanta lástima… No es justo.

—Pues supera la injusticia, Sara, como yo la supero a diario. No es justo que tu madre esté así, no es justo que no me hayan dado un mejor puesto en el trabajo, no es justo que mi vida esté de cabeza, no es justo que mis colegas cuchicheen sobre mí todo el tiempo, no es justo que el dinero apenas nos alcance, no es justo tener un par de hijos que no cooperan para que esto mejore, ¿sigo?

Cuando terminó de enumerar las injusticias se guardó un estricto silencio en la cocina. Era imposible dialogar con

Armando, quien se levantó de golpe y sin terminar de comer se encerró en el estudio. Rosa se puso a lavar los platos y canturrear una canción para quitarle peso a la escena. Pedro observó cómo Sara, abatida, jugaba con los restos de la comida, la percibió tan desvalida como él, tan lejana y tan triste; quizá la única diferencia entre los dos era que su hermana no tenía esa ira ni ese resentimiento guardado bajo el brazo: sólo era una chica triste, invisible y desolada, porque la única persona que la veía se había extraviado antes de que él la perdiera en el parque. Se conmovió y, a pesar del coraje que le dio que le recordara todo lo que dicen de él en el colegio, entreabrió su encierro personal para preguntarle:

—Vamos al jardín y cuéntame qué te pasa en la escuela.

Pedro sintió el aire fresco del final de la primavera en su cara. Acababa de llover y ello confirió al ambiente un olor a tierra mojada y a pasto limpio. El jardín, que su madre cuidaba con esmero, estaba radiante, quizá porque las miles de gotitas de la reciente lluvia centelleaban al contacto del sol. Se recostó en una de las sillas y dejó que el sol le recorriese la cara. Tras una semana de encierro, aquello le devolvió por unos segundos una paz inusitada y un deseo de quedarse ahí indefinidamente. Recordó a su madre. En alguna ocasión compartieron un momento así, de esos en los que los placeres más inmediatos y sencillos, como comer una manzana, mirar el mar o estar tumbado sobre una silla mirando el jardín, se nos antoja que sean eternos, difuminarnos con esos instantes, fugarnos con ellos. Eso le apetecía a Pedro, huir de ahí, de su cuerpo, de su vida. Escaparse, con esa sensación de abandono, hacia un momento contemplativo. No pudo ser así, su hermana lo volvió a la realidad.

—Estoy tan harta como tú.

—Yo ya no estoy harto. Te lo digo a ti, es oficial: estoy deprimido.

—¿De verdad? No me había dado cuenta.

Ambos sonrieron.

—¿Qué te pasa en la escuela?

—Lo de siempre, la odio, pero además ahora la aborrezco.

—Hermana, discúlpame. La verdad, no quería que esto pasara, tanto malentendido…

—A ver, si no la detesto por tu culpa.

—Digo, soy tu hermano, ya me imagino la de burlas…

—Bájale a tu drama, si ya pasaste de moda. Ya nadie habla de ti.

Pedro abrió los ojos —los había tenido cerrados durante la breve conversación— y se incorporó.

—¿Qué dices?

—Que no odio la escuela por ti.

—No, no, eso no, lo de que ya pasé de moda.

—Siempre tú y luego tú. No cambias.

—Párale o me vuelvo a encerrar.

—Estás pero bien mal. Por mí puedes hacer de tu jodida vida lo que quieras. Si te gusta jugar al *hikikomori* allá tú, imbécil —se puso de pie para abandonar el jardín.

—¿Al qué?

—A encerrarte toda la vida si te viene en gana. Contigo no se puede hablar, púdrete…

—No, espérate —la detuvo con fuerza—. No me dejes así, dime, cómo que ya pasé de moda.

—¿Ves?, lo mío no te importa.

—Sí me importa, pero me lo cuentas después.

—No hay después ¿sabes?

—Bueno, cuéntamelo ahora.

—No, pues así no.

—Quién te entiende.

—Nadie.

—Por favor, Sara, si lo mío es serio.

—¿Lo mío no?

—También, pero… Dime, por favor…

La súplica de su hermano le revolvió el estómago. ¿Qué le pasó? ¿Qué pudo convulsionarlo tanto, volverlo tan frágil, tan pendiente de la opinión ajena? Proclive a sentir lástima por los demás y por ella, principalmente, que cree que el mundo es más cruel que con ninguna otra, se ablandó y volvió a sentarse. Sara lo sabe, sentir pena disminuye su carácter, ser despiadada le daría más recompensas, por lo menos inmediatas, como a algunas de las compañeras que la fastidian a veces; aunque a la larga —lo ha vivido en carne propia—, siempre saldrá de la miseria humana alguien más cruel, y así hasta el infinito. Sin tregua ni lógica, porque es nuestra naturaleza, ser luz y a la vez lo más negro de la noche. Ella quisiera ser luz y es ocaso, ni brilla ni se anochece del todo, una medianía injusta, por ahora: "Cada cual se ilumina a su debido tiempo o se oscurece, no podemos ser siempre los mismos por la vida, hija, qué aburrido ¿no? A cada quién le llegará su momento". Recordando las palabras de su madre de pronto sintió un hondo vacío y quiso llorar, se recompuso porque su hermano estaba impaciente, acaso angustiado, esperando a que le dijera algo.

—¿Por dónde empiezo?

—No la hagas de pedo. ¿Qué tanto pudo haber pasado en una semana?

—Ni te imaginas.

Pedro se mordió las uñas y se acercó más para no perder detalle.

—Resumo. Dejaste de ir y a los dos días ya no eras tema.

Decidió ser cruel, despiadada. Lo dejó en el jardín y se fue a ver la tele. Pedro tardó un poco en reaccionar y la siguió. No podía creer que su hermana se pusiera a ver una serie en la televisión mientras él se consumía por dentro. Le arrebató el control, apagó el televisor.

—Sara, no seas mamona.

—No paras, eh. Okey —tomó aire y decidió ir de menos a más para no choquear a su hermano—, en el equipo le dieron chance a Rubalcaba…

—Al gordo ese, pero si no coordina. No da pie con bola…

—Pues en el último partido metió gol. En fin, en la escuela, de vez en vez, salía alguna broma sobre ti en los pasillos, hasta que se enteraron de que Amalia, la de segundo B, resultó embarazada.

—¿Amalia? Si parecía monja.

—No saben quién lo hizo, se murmura —enfatizó la palabra para hacerlo sentir peor— que pudo haber sido el maestro de matemáticas.

—¿El teto de matemáticas? Creía que era marica. ¿De qué te ríes?

—Todos son maricas, menos tú y tus cuates. En fin, que ahora ese es el chisme del momento, "quién embarazó a Amalia", por lo menos ya no es "quién perdió a la madre". Y tú que creías que ibas a ser una leyenda urbana entre los colegios, pues siento decirte que no.

—¿Qué te pasa? Tú no eres así, ya bájale.

—Pues acostúmbrate, me voy a volver cabrona. Así que déjate de cortar las venas que no pasaste de chiste local y del loco de la escuela por algunos días... y como ya dejaste de ir más rápido te olvidaron.

Sara creyó que esa estrategia funcionaría para picar el orgullo de su hermano y hacerlo reaccionar, sacarlo del autoencierro, enojarlo. Estaba dando resultado, Pedro se puso en pie y por un momento volvió el brillo a su mirada, así que continuó:

—Tus amigos, tus cuates del alma, cuando me ven en los pasillos se hacen los disimulados, ni preguntan por ti, ni hablan de ti...

—Y ¿María?

Guardó silencio. Pensó si se lo decía o no. Optó por la verdad, duele, tira al suelo y luego no queda otra que levantarse:

—Ya anda con alguien.

La cara de su hermano se deformó, con los ojos enrojecidos trató de guardar compostura:

—¿Quién es?

—Jaime.

—No, cómo crees.

La cara de Sara no le ofreció ninguna duda.

—Ese güey, hijo de... No puede ser.

—Si no quieres creerlo, pues no y ya.

Con violencia la tomó del brazo y la zarandeó.

—Te quieres vengar de mí ¿verdad? Porque no te apoyo ni te hago caso.

Sara se zafó asustada.

—Estás bien mal. Suéltame.

—No, no te vas, ahora terminas.

— Si quieres detalles vuelve a la escuela para que lo confirmes tú mismo.

—Eres cruel.

—No, soy Sara.

—Por eso estás jodida y sola, porque no eres como las demás chicas —sintió que era el momento de hacerla sentir tan mal como él—, eres una *freak*, una ñoña, y sabes, a nadie normal nos gusta eso.

—Púdrete, imbécil.

Lo dejó varado frente a la televisión, no sin antes tirarle a la cara un reproche:

—Pedro, no me duele todo lo que me has dicho...

—Debería...

—Lo que me da más rabia y me saca de onda es que ni una sola vez me preguntaste por mamá.

Armando fumaba en su despacho. Absorto en el humo que emanaba de su boca escuchaba, sin prestar atención, la discusión de sus hijos afuera. Lejos de intentar poner fin a aquello se abandonó ahí, a ese placer ocioso. Jamás imaginó verse así a su edad. Él tenía un programa tan estructurado: planeó todo lo que pudo, ahorró, trabajó, se sacrificó, se esforzó.

¿Para qué? Llega la genética, el azar, la vida vestida de circunstancias… y bastó un día para destruir lo que en apariencia era sólido y duradero. Un día de esos que aparecen cada año, o cada mes. Un día aislado, un día insulso en el que lo cotidiano se instaura como una calma que no avisa de la tormenta. Un día escurridizo, un día donde la mañana nos engaña por su brillo. Un día te sentencia, un día te acaba, basta sólo un día para volverte miserable. Cada cual tiene ese día, para Armando fue cuando lo llamaron de Servicios Sociales y le dijeron que podía seguir teniendo a Laura en casa siempre y cuando él atendiera a algunas observaciones, entre ellas, contratar a una persona de planta que la cuidara o bien, internarla en una institución. Sonrió sin que esa sonrisa le dijera nada a la encargada, no hubo júbilo ni sosiego en aquello. Él tenía que decidir, ya su padre se lo había dicho: "Para vivir se necesita carácter, y no sólo decisión. Una vez que decides debes apegarte a ello, si no de nada vale haber tomado ese u otro camino".

Salió del edificio mareado, lo recuerda, no iba preparado para aquella resolución, él creía que tendría que internarla por imposición, porque otros lo habían decidido y así tendría una coartada, la de haberse liberado de su mujer, junto con todo lo que ella ha provocado: el caos doméstico, los hijos apesadumbrados y derrotados sobre el sillón viendo la tele; pero atentos a que la madre —que siempre daba vueltas, sacaba cosas, agitaba la casa— no fuera a lastimarse mientras él se ocultaba en "alguien tiene que trabajar para mantener a esta familia". Laura funcionaba como el pretexto para su mal humor, su frustración, su aislamiento. Laura era la culpable de su fatiga, de su tristeza, de su creciente amargura. ¿Qué hacer?

Decidió internarla.

No le diría nada ni a Pedro ni a Sara. Nada de consenso familiar, nada de atormentarlos con una decisión que sólo a él le concernía, en el fondo la situación era insoportable. Y justificándose, aludiendo que era por el bien de sus hijos, la internó. Y ese día se convirtió sin más en el día más miserable, hasta ahora —la miseria para nuestra desgracia nunca toca fondo—, de su vida.

Lejos de sentirse liberado, de creer que esa acción contribuiría a reconstruir una familia fragmentada en la que Laura no ha muerto, sino que los ha olvidado, los ha amargado, su mal humor se ha incrementado, no puede ver a sus hijos sin ese remordimiento de saber que les mintió. Y sin más se ha vuelto un hombre intratable, insoportable, porque todos los días llega a casa y recuerda invariablemente a Sara derrumbada en llanto mientras Pedro toma la noticia con esa indiferencia que le nació el mismo día en que perdió a su madre. Como si ese día, quizás el más terrible de todos, se hubiera vaciado de sentimientos; pero sobre todo se recuerda a sí mismo que después de comunicarles la supuesta decisión de Servicios Sociales, no supo qué decirles y sólo atinó a preguntar:

—¿Quieren pizza para la cena?

Arrebatado como era, sin poder asimilar la noticia de que Jaime ahora era novio de María, salió enfurecido de su casa. Había dejado de llover y el sol de la tarde le cegó los ojos. No podía creer lo que Sara le dijo, y recordó también su sueño —premonitorio—, sólo que ahí era Luis el que estaba con la chica. Nunca se imaginó a Jaime, su mejor amigo, haciéndole eso, él más que ningún otro sabía lo que sentía por ella. Lo va confrontar y le va a partir la cara. Siguió caminando enfurecido sin prestar atención a su paso, la única meta en su cabeza era ir hasta donde el traidor para romperle la cara. Iba hablando en voz alta, miraba el suelo, movía las manos con furia y su aspecto sucio, desaliñado, le confería un aire de loco joven. La gente lo observaba con temor, sobre todo porque tras varios días sin salir a la calle se sentía desubicado. Se detuvo. Intentó recordar la dirección en la que iba, estaba completamente desorientado. Al darse cuenta de que no tenía dominio del espacio, que le pareció inconmensurable y devastador, se mareó un poco, se sentó en el pasto de una de las casas vecinas, al hacerlo mojó el pantalón. De inmediato se levantó y trató de apoyarse en un auto, pero el contacto encendió la alarma. El dueño del automóvil apareció de inmediato y le lanzó una piedra. Pedro no entendió la agresión, huyó sin poder explicarle o preguntarle ¿dónde demonios queda la parada del autobús?, porque el tipo se aproximaba con otro objeto en la mano para golpearlo. Corrió y se lastimó el pie. Fue cuando se percató de que iba descalzo, sin teléfono, sin dinero, y ahora mojado como si se hubiera orinado.

¿Debía regresar?

No. primero tiene que ajusticiar a Jaime y luego lo que venga, con alguien tiene que descargar toda esa ira que lleva dentro, esa impotencia, ese dolor que lo arrastra sin piedad, sin sentido, sabe que si lo hace dormirá en paz. Podrá cerrar los ojos ya vaciado del peso que le oprime el corazón, del odio que le nació por el mundo, de sentirse incomprendido. Nadie lo entiende, nadie imagina cómo lo llena una enfermedad fría y lo hace sudar violencia, lo amarga y lo confina.

Distinguió la parada del autobús, la ruta que necesitaba estaba llegando, subió por detrás, sin dinero no podía hacer otra cosa. Como iba relativamente lleno, el conductor no notó al polizón. Los pasajeros no lo delataron, su aspecto infundía temor, ciertamente, pero sus ojos estaban tan cargados de furia que temieron provocarlo y que sacara de entre las ropas algún cuchillo para herir a alguno. Pedro lo notó y no pudo contener una sonrisa de medio lado, se acomodó en un asiento, cerca de las ventanas de atrás. De inmediato se hizo un vacío entre él y los otros que esperaban en cualquier momento la reacción terrible del chico. Demasiada televisión, seguro pensarían que el muchacho mostraría la bomba que llevaba escondida entre la ropa, o una pistola para secuestrar el camión, o simplemente por necesidad —o peor aún diversión o aburrimiento— acuchillaría al azar a alguien para huir con un poco de dinero. Al ver que nada de eso pasaba, volvieron a sumirse en sus teléfonos móviles, a colocar sus audífonos en los oídos, a desvanecerse en sí mismos, y Pedro, la amenaza de hacía un par de minutos, volvió a quedar asilado en una esquina del autobús con la cabeza recargada en la ventana, con el corazón y el orgullo rotos.

Cerró los ojos. El cansancio y la inmovilidad de los últimos días le pasaban factura a su cuerpo que no respondía como siempre. Sin evitarlo se quedó dormido y no despertó hasta que el chofer lo sacudió con fuerza.

—Fin de la parada, lárgate. Si te vuelves a subir en mi ruta llamo a la policía. Mugroso, drogadicto de mierda.

Lo quiso parar a la fuerza. Pedro, aturdido por la modorra de un sueño interrumpido, se defendió y lanzó al conductor contra un asiento. Luego reaccionó y quiso ayudarlo.

—Disculpe, no quería…

Fue cuando enfurecido el chofer se levantó para echarlo fuera. Pedro cayó de frente y se raspó la cara. Un labio comenzó a sangrarle. Eso detuvo al hombre que seguro tenía intenciones de darle una buena paliza y enseñarle que en su ruta nadie sube sin pagar. Porque, claro, no existen otras razones para tomar un autobús de esa forma, en ningún momento quiso siquiera imaginar las circunstancias por las cuales ese muchacho desaliñado y torpe, que no drogado, hizo lo que hizo. Primero pega, luego averigua, con tanto vándalo suelto, con tanto…

—Lárgate de una vez o llamo a la policía.

Con la camiseta intentó detener la sangre y salió corriendo de ahí. Ni idea de dónde estaba. Trató de recuperar la calma. Quiso ubicarse. Los nombres de las calles le daban una vaga idea, no debía estar tan lejos de casa. Jaime vive por su zona.

¿Preguntar?

Los pocos transeúntes cruzaban la calle para no toparselo o era ignorado cada vez que trataba de detener a alguien para pedir ayuda. A lo lejos distinguió a una anciana y pensó, como lo haríamos todos, que sería una buena opción. Se acercó con sigilo, intentó hablarle. La mujer sacó de su bolso un gas de pimienta y lo amenazó.

—Ni un paso más o lo uso.

—Por favor, señora, no le voy hacer nada sólo quiero...

El spray le quemó los ojos obligándolo a caer al suelo lleno de dolor. La mujer entonces comenzó a gritar. Un par de hombres se acercaron para auxiliarla.

—Me quiso asaltar.

Uno de los amables sujetos aprovechó que Pedro quería levantarse para darle varias patadas a la altura del estómago que lo sofocaron y le impidieron moverse.

—Tú no te levantas, pendejo. Querer robarle a una viejita, qué poca...

Mientras, el otro buen samaritano, con su teléfono en mano, llamaba a la policía.

—No se preocupe, señora, ya vienen para llevarse a este.

Como salidos de un hormiguero la gente comenzó a congregarse, incluso alguno alardeó de tener grabada toda la escena desde que el ladrón se acercó para agredirla hasta las patadas del buen hombre protector de mujeres mayores. Pedro logró reincorporarse, la sirena se oía a lo lejos. "Ahora sí mi papá me mata." Decidió esperar su destino recargado en una pared de la calle y sentado en el piso, no fueran a seguir dándole golpes suponiendo su escape. Mirando el cemento y las sombras de los congregados, se sintió como atrapado entre dos dimensiones, entre un universo aparentemente real y otro que proyecta esa realidad. De vez en vez las sombras eran cruzadas por algunos zapatos, y el silencio perfecto que podría tener ese mundo plano, oscuro, incapaz de agredirlo, se distraía por las voces inconexas de los que lo rodeaban. Por fin, los zapatos brillantes y el pantalón del oficial uniformado le hicieron levantar la mirada. Para completar su pesadilla, su limbo existencial, Cantú le extendió la mano y lo puso de pie.

—Arriba, muchacho —le echó un vistazo rápido, le examinó las pupilas, le pido le soplara un poco para oler su aliento—, ¿qué te pasó?

—Esto es un karma, otra vez usted. Me está vigilando o ¿qué?

—No, esta es mi zona y este es mi horario de patrullaje. Vamos a llevarte a casa. Martínez, suba a Pedro a la patrulla.

El hombre protector de mujeres mayores se le acercó agresivo.

—¿No va a tomar declaración a la señora?

—Este muchacho no es un ladrón, lo conozco…

—Entonces ¿cree que ese mugroso drogadicto no intentó hacerle nada a la viejita? ¿Cree que ella miente?

—No, simplemente que a ella se le figuró eso. Además, el muchacho no está drogado, ni alcoholizado, sólo desorientado.

—Por eso estamos como estamos, ustedes no hacen su trabajo.

—El muchacho no es una mala persona, está pasando por una situación difícil. Lo conozco.

—Sí, cómo no.

Se acercó otro ciudadano consciente de la justicia propia.

—Mire oficial, aquí tengo grabado el video, íntegro —enfatizó esa palabra—, del momento en que fue agredida la señora.

Cantú, paciente, sacó sus anteojos y miró el video. Ahí sólo se veía cómo la anciana le lanzaba el gas a los ojos y Pedro, en su desconcierto, quiso aferrarse a ella a causa de la ceguera momentánea; luego los hombres al rescate, las patadas y el resto de la historia.

—Aquí no veo la agresión previa.

—Claro, la lealtad entre maleantes.

—No me ofenda. En el video no se aprecia ninguna agresión a la anciana.

—Pero ella gritó, pidió ayuda.

—Y fue cuando usted empezó a grabar en vez de ayudar…

—Para tener pruebas, oficial, uno tampoco se va arriesgar,

me podría haber acuchillado o golpeado. De cualquier forma aquí está por si lo necesita, y lo voy a subir a la red para alertar a la ciudadanía, seguro es una banda de rateros...

—Usted va a borrar ese video y no generará más pánico. ¿Me entendió?

—No, estoy en mi derecho. Ustedes van a manipular la información, seguro. Este ha de ser un pariente suyo, por eso lo defiende... o le reparte las ganancias de los robos.

—No le voy a dar más explicaciones sobre el muchacho, pero no es lo que parece.

—Pues yo sé lo que vi.

—Lo que supuso que veía. No sabe cuanto daño hace que suban esas porquerías, ahora todo se malinterpreta, todos somos sospechosos, todos vivimos con miedo. Ya nadie confía en nadie.

—Por algo será, y yo subo el video.

Cantú, enfurecido, le arrebata el teléfono, lo tira al piso y con el zapato lo desbarata. Al hacerlo nota que otras personas congregadas alrededor del morbo están grabando lo que ha hecho. Suspira pensando lo intratable que es una persona detrás de la cámara de su celular. No hay manera de hacerlos "mirar" el contexto de las cosas, ese ojo unilateral no siempre dice la verdad. Da igual, él no pertenece a ninguna red social, ni le interesa si lo aprueban o no, ni está pendiente de sus seguidores. Lo único que le importa es la opinión de su familia y de los que lo conocen, ellos saben qué tipo de persona es, y por qué no ha pasado de patrullero.

—¿Cuánto le debo por el teléfono?

—Es un abuso de autoridad, lo voy a demandar.

—Está en su derecho. Hágalo. Martínez, venga a tomar la declaración —llega el compañero de Cantú—. Aquí el ciudadano modelo quiere denunciarme, atiéndalo.

—No, no voy a declarar nada, para que luego me acusen de obstrucción de la justicia y me multen o me encierren. Lo peor, me van a pedir mis datos, mi identificación, van a saber dónde vivo... Sé de lo que son capaces.

Y se alejó de ahí. A una distancia prudente gritó:

—Pero esto se sabrá, tengo un amigo que trabaja en los periódicos y…

Cuánta paranoia. Nos hemos convertido en una sociedad histérica que sólo vive pendiente de la agresión, del miedo, de la desconfianza. Cantú recordó aquel libro que leyó en el círculo de lectura al que iba por las noches, antes de que lo castigaran y lo mandaran a patrullar a esa hora —porque llevó a preventiva al hijo del amigo de su jefe por manejar borracho—, el libro de *1984*. Ese futuro casi es ahora: cada quien tiene su verdad y el derecho a publicarla como la única, la verdadera. El prójimo acusando al prójimo. Sin demorarse más entre esos necios que ya habían hecho un juicio y condenado, se subió al auto.

—Vámonos, Martínez.

—¿A la comisaría?

—No, a llevar a este a su casa.

—Ay, Cantú, tú te vas a jubilar pero a mí me van a correr…

—No pasa nada, estos nomás quieren sus cinco minutos de gloria siendo héroes virtuales. Los de verdad no se andan filmando, ni se etiquetan, es más, ni se dan a conocer.

Por el retrovisor miró a Pedro cómo con la cabeza baja se apretaba las manos angustiado.

—¿Por qué te escapaste?

El chico no contestó. En su lugar Martínez conjeturó.

—A lo mejor el padre lo golpea, mire, trae la boca partida.

Cantú negó con la cabeza lo que acababa de escuchar.

—Qué te he dicho, no hay que sacar juicios precipitados.

—No te acuerdas cómo se puso el padre cuando este perdió a la madre. Nos lo tuvimos que llevar. Seguro el hijo salió igual…

—A ver, tú, ¿te pegan en casa?

—No, me subí al camión sin pagar y el chofer…

—Y ¿por qué andas tan mugroso? La verdad, así pareces medio loco.

Pedro no contestó y se limitó a mirar por la ventana. El resto del recorrido se guardó silencio, sólo de vez en vez la voz de la radio policial lanzaba frases entrecortadas a distintos policías sobre algún conato de violencia en la ciudad. Antes de llegar a casa de Pedro, Cantú le pidió a Martínez que apagara las luces de la sirena, quizá con la intención de pasar un poco desapercibidos.

—¿Quieres que hablé con tú papá?

—No está su coche. Seguro se fue a trabajar y ni cuenta se dio de que yo no estaba.

—Y ¿eso por qué?

Pedro levantó los hombros como si le diera lo mismo que estuviera o no.

—Puedo volver más tarde…

—No, no hace falta. Lo que pasa es que he estado encerrado estas últimas semanas. Él, como todos en la casa, creen que sigo en mi cuarto, nadie me vio salir.

—El encierro es malo, te daña de la cabeza.

—Aquí afuera tampoco es muy chido que digamos.

—¿A qué saliste? Así, tan de prisa.

—A recuperar algo que había perdido.

—¿Qué?

—Un amigo…

Cantú no supo qué decir, en realidad le daba pena el chico. Pedro se bajó con una tristeza ruidosa que podía oírse por todo el vecindario. Sara corrió la cortina de la sala y observó cómo el oficial le daba una palmadita en la espalda.

—Si me necesitas, bueno, ya sabes, siempre ando por aquí, es mi zona…

—Gracias por no llevarme detenido.

—Si no hiciste nada. Y échale ganas, a veces uno ve todo negro pero luego se pone mejor.

Pedro sonrió de lado y Cantú se mordió la lengua, no hay nada más patético que decirle a alguien "échale ganas", es como una frase vacía que nos aleja y nos protege al mismo tiempo de esa indiferencia o temor a involucrarnos con el otro. Digo eso y me puedo ir tranquilo a dormir creyéndome solidario con la pena ajena. Pedro suspiró, le agradeció con la mano mientras se dirigía a la puerta principal de su casa, venía hecho un desastre. Cantú subió al auto pero no se puso en marcha hasta que lo vio entrar. Sara, asustada, lo esperaba.

—¿Qué te pasó?

—Todo y nada...

—¿Te peleaste con Jaime? ¿Por qué te trajo la policía?

—No quiero hablar.

—Cómo que no. Me preocupas.

La cara de consternación de su hermana le dio pena, se le notaba realmente angustiada; pero él no tenía fuerzas para conversar, en realidad ya no tenía fuerzas para nada, se sentía estúpido y confundido.

—Traes la boca súper hinchada y raspado el cachete.

—Ni te cuento cómo me duele el estómago.

—Te madrearon gacho. Todavía no se va Rosa, le voy a decir que te haga un té de tila y voy a buscar el árnica, ¿quieres?

Asintió con la cabeza.

—No le cuentes nada, ¿eh?, luego raja y le chismea a papá.

—Le voy a decir que es para mí.

—Bueno, me voy a bañar, me duele todo el cuerpo. Creo que me rompieron una costilla...

—Creo que te rompieron más que eso...

Después de tomar un baño caliente recuperó un poco de energía y con ella la nostalgia. La habitación olía bien. Rosa aprovechó su ausencia para limpiar a profundidad y cambiar las sábanas de la cama. Sólo ella debió darse cuenta de que salió, sólo ella. Mientras hacía el aseo seguro pensó para sus adentros lo perdida que estaba esa familia sin Laura, aunque en realidad no sabe cómo eran antes. Pedro, mientras despejaba el vapor del espejo, respiró hondo, al hacerlo extrañó el olor que guardaba el cuarto después de unos días de aislamiento. Ese aroma le gustaba, era sólo suyo, de nadie más, impregnándose en sus cosas y emanando de él. Ácido y poderoso, reduciéndolo a un estado de abandono primitivo, descubriendo cómo huele sin desodorantes, sin jabones, sin colonias, sin champú, como cuando niño. Recordó a su madre de pronto —así la evoca aunque no la nombre ni pregunte por ella—, cuando lo abrazaba y besaba melosamente. De pequeño le encantaba eso, subirse a la cama después de que su padre se fuera a trabajar y ronronear como un gato con ella, llenándose del aroma de los dos y luego dejarse abrazar por Laura, acurrucarse cerca de sus axilas o muy próximo a su boca y respirarle el aliento; mientras ella le daba besos en la cabeza se quedaba ligeramente dormido y esos minutos de sueño eran los mejores. Quizá por eso uno odia asearse cuando es niño, porque teme perder el aroma que lo define y lo hace sentir seguro.

Luego pensó en María, le gustaba mucho su olor, sobre todo después de jugar a voleibol, así, un poco sudada, despeinada, le parecía tan sexy, tan próxima. Le gustaba más de esa manera que cuando se ponía perfume o lucía muy arreglada. Llegó incluso a pensar que era raro, medio perverso, con esa fijación de ir olfateando todo lo que María iba dejando a su paso. Él imaginaba su aroma como una estela de insinuaciones que iban dirigidas a él. Su mamá tenía razón al decirle que finalmente todos somos olores y las atracciones se dan por cosas químicas, pero al ocultarnos con ese mal hábito de no dejar respirar al cuerpo, con esa necesidad de parecernos a los otros, cada vez menos sabemos quién es perfecto para uno. Cuando a Pedro se le ocurrió comprarse la colonia de moda, porque uno de sus compañeros la comenzó a usar y no paraban de decirle "qué rico hueles", fue un desastre, a él no le fijó igual y ponían cara de "qué te pusiste, apestas".

Sonrió mientras se examinaba los labios amoratados, se los tocó, le dolían menos. Lo de la mejilla era un raspón solamente, lo que le preocupaba era la costilla y el enorme morete del abdomen. Viéndose así de desvalido frente al espejo le entraron unas ganas enormes de estar cerca de su madre, salir a toda prisa de su habitación y encontrarla en la casa, aunque fuera hablando sola o intentando recordar qué iba hacer, abrazarla fuerte, acurrucarse en su regazo, oír su latido, sentir su aliento, respirarla y no sentirse tan solo, tan abatido buscando un aroma que lo absorbiera y lo convirtiera, a él, en parte suya.

Tras sacudirse los recuerdos y difuminar el olor de un pasado irrecuperable, encendió la computadora. La luz de la pantalla le iluminó el rostro y sintió que ella era su única amiga, una cara en la cual podía ver el mundo sin ser juzgado ni golpeado, un espacio libre para transitar y hacer lo que le viniera en gana. Desde los últimos acontecimientos se había convertido en su refugio, podía pasar horas frente a ella y la sensación del tiempo no le pesaba tanto. Ni en su más remoto sueño llegó a pensar que preferiría estar ahí en su habitación, rodeado de sus cosas, que en la calle, en la escuela o en algún otro lugar. Incluso la casa a veces le resultaba detestable, no tanto por el espacio en sí sino porque tenía que convivir con su padre cuyo estado de ánimo se había estacionado en el enojo. Y a Sara la quería pero a distancia, el saberla más fuerte que él le incomodaba. No tenía ni idea de cómo ella podía resistir tantas embestidas y continuar con la vida, haciendo sus cosas. Lo sacaba de quicio porque cuando hablaba era directa, atinada, certera. Aunque no quería sacar a su hermana de su vida, por ese amor incondicional que le tiene, le podía ser útil su sentido práctico. Sí, usarla para tener algún contacto con el mundo exterior… había decidido, por lo menos ahora, no salir más… no dejarse humillar más.

Buscó la entrada a la ciudad virtual donde hacía un par de días se abandonó sobre una banca del parque, o ya ni recuerda cuándo fue. El tiempo ha dejado de pesar como una lápida desde su autoconfinamiento. ¿Dónde dejó la libreta en la que anotó la contraseña para entrar? Le molesta que Rosa le mueva las cosas, las ordene, ya no permitirá que haga el aseo, él se pudrirá en su propia suciedad hasta que le dé la gana salir de la tumba. Y a la tumba iba a mandar a su doble virtual en cuestión de minutos, en cuanto encontrara la maldita libreta. La localizó, tecleó los datos e ingresó. La bienvenida era una especie de advertencia en la que se señalaba que tras su ausencia debía guardarse en un lugar no público, y si deseaba no formar parte de la comunidad, darse de baja en El abismo. Después de eso fue transportado al lugar exacto donde quedó la última vez. Su avatar abrió los ojos y al hacerlo pudo observar a varios personajes pintorescos de la ciudad en torno suyo. La chica con cara de conejo habló:

—Vaya, despertaste. Ya está despierto —gritó a los demás.

—¿Qué pasa? —un poco confundido—, y ¿todos estos qué?

—Son tus admiradores.

—¿Cómo?

—Nos parece genial tu *performance.*

—¿Mi qué?

—Tu postura creativa en esta ciudad: pudiendo hacer todo lo que quieras aquí, porque las posibilidades son ilimitadas, tú decides dormir. Todos queremos saber por qué. Yo tengo mi teoría —y las orejas rosadas se estiraron monstruosamente como si fueran dos bocinas funcionando como altavoces—, tú eres un artista que has venido a esta comunidad a…

—Yo sólo quiero que me indiques el camino para darme de baja de esta madre…

La chica cara de conejo, al verse interrumpida, se distorsionó por algunos tics y los bigotitos se iban de un lado a otro del rostro como si necesitara una zanahoria o estuviera a punto de darle un ataque de nervios. El resto de los congregados, seres alucinados cuyas cabezas eran enormes cajas de cartón de las que salían objetos o plantas o animales o colores o un sin fin de reinterpretaciones delirantes de cosas existentes, abrían y cerraban los ojos esperando una respuesta. Comenzaron a llegar más —pero estos eran diferentes a los cajas de cartón, guardaban más la morfología de la chica conejo— atraídos por el bullicio o movidos por el aburrimiento que tarde o temprano ocasiona cualquier grupo de gente que con entusiasmo inicia una aventura y con el tiempo se da cuenta de que es lo mismo en todas partes. Virtual o no, la realidad agota, estresa y cansa. Pedro les resultaba una novedad que en su novatada no sabía o no quería adaptarse al sistema de vida de esa sociedad. Se puso de pie, quiso avanzar pero el tumulto no se lo permitió. Esa cortina de seres pixeleados necesitaba una respuesta, como si fuera una tribu de códigos binarios confundida, ansiosa de recibir un virus que les devolviera un poco de chispa a su existir. Intentó moverse nuevamente pero un personaje medio andrógino y extremadamente delgado lo detuvo. El pelo le cubría la cara por completo asemejándose a uno de esos fantasmas de película asiática cuyo terror se basa en eso, en no saber qué hay detrás de la cabellera negra amenazante, uno puede imaginarse lo peor. Pedro se asustó porque no quería ser linchado también ahí, en ese lugar de aparente armonía y convivencia.

Si estuviera Sara sabría qué decirles. ¿Y si va por ella y le pide consejo?, ¿y si nomás le pregunta? No tiene por qué decirle que está involucrado en semejante… ni cómo llamar la situación. Pulsó la tecla pausa. Sonrió mientras miraba en la pantalla el desconcierto de los monitos ridículos y minúsculos alrededor de él esperando a que articulara alguna palabra, vistos desde fuera eran patéticos. Sin demorarse más marcó a Sara desde su móvil. No contestó. Volvió a intentarlo, esta vez sí lo hizo:

—Sara, necesito tu ayuda.

—Estoy por llevarte el té, no encontraba el de tila, Rosa ya se fue, ¿quieres galletas? —reaccionando—, y... ¿por qué me llamas desde la casa?

—Necesito tu ayuda.

—Voy para allá.

—No, espérate, no cuelgues. No quiero que vengas, sólo dime qué le dirías a un montón de... gente que se ha dedicado a mirarte dormir.

—Morbosos.

—No, en serio.

—¿Cómo que en serio?

—Luego te explico.

—¿En qué andas metido?

—En un *performance*.

—¿Tú? Ni sabes qué es eso, el encierro te está poniendo raro... —contuvo la risa.

—Me vas a ayudar o no.

—Pues no sé, digo, no soy Wikipedia.

—Gracias hermanita, eso es, voy a buscar ahí. Y ahorita ni te pares que no te voy abrir, estoy arreglando un asuntito...

Colgó y dejó a Sara con las palabras en la boca. Pedro, excitado por el reconocimiento insólito e inesperado de esa comunidad virtual, emocionado de volver a recuperar la popularidad perdida aunque fuera unos instantes, ya que había decidido dejar ese juego, introdujo en el buscador la palabra sueño y agregó frases célebres. Se desplegaron una cantidad de páginas. Abrumado por tanta información decidió reducir su campo de búsqueda a originales. Se arrepintió, mejor buscaría alguna cita antigua y nada complicada, no le fueran a preguntar y ahí ni modo de volverse a fugar desvaneciéndose.

Leyó con avidez y de las muchas referencias tres citas le gustaron. Eran de gente más que muerta, de siglos muy remotos, lo cual le venía bien, pues seguro ninguno de los habitantes de esa ciudad idiota sabría quién era y se adjudicaría su autoría. Ni que fuera la escuela, como cuando reprobaron a Alejandro en la clase de historia por plagiar un ensayo completo de otro estudiante que subió su trabajo a un sitio sobre tareascompartidas.com o algo así. Un blog de esos donde puedes intercambiar textos para cumplir con los deberes escolares. Algunos usuarios lamentaron que se cerrara el sitio después de denunciarlo por mal manejo de información y faltas a la ética educativa.

Tuvo un breve conflicto, no sabía si escoger entre "Ves cosas y dices ¿por qué? Pero yo sueño cosas que nunca fueron y digo *¿por qué no?"*, de un tal Shaw, o "El sueño devora la existencia: es lo que tiene de bueno" de un francés de apellido impronunciable, Chateaubriand. Le pareció muy dramático, pero con tino, ya que él se sentía así, como canibalizado por una realidad que no le dejaba dar explicaciones y juzgaba midiendo sólo las apariencias. Al final se decidió por una de su casi homónimo Pedro Calderón de la Barca, además este le resultaba familiar, seguro lo leyeron en el colegio, y siendo Pedro como él pues era casi como si él mismo hubiera tenido esa ocurrencia. Leyó en voz alta: "¿Qué es la vida? Un frenesí. ¿Qué es la vida? Una ilusión, una sombra, una ficción; y el mayor bien es pequeño; que toda la vida es sueño, y los sueños, sueños son". Uta, hasta rima. Y si rima debe ser bueno ¿no? No, creo que esta no es la buena —tomando control de sí mismo—, y a mí qué me importa darles una explicación a esa bola de tetos. Ni madres, me largo de ahí directito a darme de baja sin frasecitas, así, sin más; o me quedo ahí en pausa para siempre.

Se conectó de nuevo a la ciudad virtual, para su sorpresa ya no estaba rodeado de la flora y fauna del lugar —a falta de mejor nombre—, se habían esparcido. Salió del modo pausa y en la banca donde antes había estado inanimado encontró sentado a un gigantesco hombre de traje.

—Ya se han ido. La chica conejo no tiene paciencia. Ya no le resultaste tan divertido. Un fraude, dijo, sí, Iván, el terrible, es un fraude.

—Me da lo mismo lo que piense.

—Y ¿por qué volviste? ¿Para decir algo terrible? ¿Para ser famoso en un mundo de caricaturas?

Lo miró con esos ojos saltones y desproporcionados que le conferían un aire bastante patético, pero en vez de contestarle le preguntó:

—¿Tú qué? También estás aquí. A ver ¿por qué?

—Yo sufro de aburrimiento crónico.

—O sea, todo te aburre. Estos monitos te aburren, esta porquería de juego te aburre, yo te aburro.

—No, tú no, por eso estoy aquí. Tú no quieres adaptarte a esta sociedad, pareciera que cada vez quieres estar más solo y al mismo tiempo no. Me gusta tu actitud.

Pedro se puso nervioso desde el otro lado de la computadora, él es consciente de la cantidad de pervertidos que andan sueltos en el ciberespacio acechando de mil maneras, seduciendo, los casos de *grooming* se han multiplicado recientemente. Él no es una chica y generalmente esos acosadores van tras ellas, no hay límites para nadie. Era probable que ese hombre gigantesco de traje gris fuera un *gromer*.

—Pues ya no me vas a ver, sabes, voy derechito a liquidarme de esta basura de programa.

—Esta basura de programa la hizo mi papá.

—¿Qué?

—Aquí nada es lo que parece, te sorprendería saber quién soy yo en realidad.

—Ni quiero ni me importa saberlo.

—Bueno, de cualquier forma ya te envié un mail con la dirección de un chat privado por si quieres conocer lo que soy.

—¿Cómo sabes mi correo? —asustado.

—Ingresaste tus datos para acceder a este juego virtual.

—Son confidenciales.

—No para los programadores, cuando tú ingresas tus datos ya te fregaste.

—Quiero salirme de esta mierda ya.

—Te ayudo. Hay algunos trámites, a veces no es tan sencillo, y tú aceptaste los términos y condiciones…

—No me jodas con lo de la letra chiquita de los contratos, si no vendí mi alma. Además puedo hacerlo solo —estaba más asustado.

—Como quieras.

El hombre gigantesco se paró y comenzó a caminar. Iván/Pedro, como movido por un instinto de supervivencia, lo alcanzó.

—Bueno, dime ¿cómo me puedo tirar en El abismo?

—Busca a la chica con cara de conejo y le dices: "Ella ha dicho que me cortes la cabeza".

No pronunció una palabra más y se alejó hasta perder sus pixeles en el horizonte plano y engañoso de la pantalla. Tocaron la puerta con fuerza, era Sara. Pedro reaccionó y dejó a Iván, el terrible, en pausa, salió abruptamente del juego.

—Ábreme, prometiste contarme.

Dudó si hacerlo, ahora estaba totalmente abstraído y sólo tenía cabeza para el juego. Suspiró intentando despejarse y el dolor en el abdomen volvió a recordarle las patadas que recibió hacía unas horas. Quitó el seguro de la puerta y Sara entró. Pedro se tiró en la cama, puso su brazo sobre los ojos y esperó a que ella le hablara:

—Toma, te traje tila, relaja los nervios.

—No estoy nervioso, estoy harto —pensó en el hombre gigantesco de traje— o mejor dicho ya no estoy harto sino aburrido. Ya no sé adónde ir ni qué hacer.

—Cómo te gusta el drama.

—Si me vas a sermonear, vete, la verdad, no tengo ganas de conversar.

—Pues ahora me cuentas todo ¿eh?

—No hay mucho: me confundieron con un ratero drogadicto e indigente. Una anciana se asustó cuando me acerqué a preguntarle dónde me encontraba y me echó gas pimienta en los ojos, la viejita bien agresiva... Después dos tipos me madrearon, uno me pateó el estómago —levantó la camiseta y mostró el abdomen enrojecido— y ¿quién crees que vino a rescatarme?

—Ni idea.

—El policía ese de la otra vez.

—Nooo. Eso ya es karma...

—Buena gente, me trajo hasta aquí y no hizo reporte ni me llevó detenido.

—Qué buena onda, otro, ni te cuento. Ay, hermano, creo que traes la estrella volteada o como dice Rosa te embrujaron, te echaron la sal muy gacho. ¿Te pongo un poquito de árnica en el golpe?

—Sí, despacito, me duele.

Sara aplicó el ungüento con mucho cuidado y cariño. Pedro lo notó, se sintió mal por tratar a su hermana del modo en que lo hacía, si no fuera tan diferente a él, tan ñoña. Y él que puede recriminarle a Sara, ser como le da la gana y no estar pendiente de agradarle a todos. Ella en cierto sentido era más libre sin esa codependencia, sin estar al tanto de lo que piensan los otros, metida en su universo, porque cada cual fabrica uno propio y se refugia en él, una manera de sobrellevar la existencia. Ahí está ese hombre gigantesco de traje diciendo que no es un hombre gigantesco, viviendo y controlando un mundo de simulación y apariencias, incluso Pedro mismo sucumbió al deseo de ser alguien distinto. Por un momento vaciló entre comentarle o no a Sara lo de la ciudad virtual y lo sucedido, la miró mientras terminaba de curarlo, le pareció a pesar de sus años una chica mayor y hasta bonita. ¿Por qué será que las mujeres siempre se ven más grandes? Mejor no contarle, no se atrevió, él era el mayor, su deber era mantener el control, ser el fuerte, ayudar a su hermana y no a la inversa. Ella se sentó en la cama esperando algo. Lo notó, sabía que ese instante de silencio entre ellos crecía como una necesidad de compañía, de apoyo, de respaldo. No debía ceder, en el fondo Pedro pensó que si se mostraba débil, vulnerable, perdería el respeto de Sara y ya había perdido mucho, más allá de lo imaginable. No atinó a decir otra cosa que:

—¿Quieres matar zombis?

—¿Qué?

—Para relajarnos. Así te enseño, siempre has querido saber cómo manejar la sierra eléctrica.

—¿Matar te relaja?

—Matar, lo que se dice matar, no. No jodas, es un videojuego. Además te la pasabas viéndonos jugar a Luis, a Jaime y a mí...

—Era por sentirme un poco acompañada y no andar por la casa como ánima en pena mientras mataban soldados, animales, monstruos, zombis, marcianos, lo que fuera.

—Qué pesada eres. Bueno, si prefieres pongo el último de futbol. Tú di. O este *Pac Man*, todo un clásico, en ese eres buena, eh, tanto jugar con mamá te hizo experta. Digo, es algo más *light* para convivir —esto último lo dijo con sarcasmo—, algo más de niñas.

—Te pasas, Pedro, no tiene que ver con ser niña o no, sino con que no me gustan esos videojuegos, tampoco los de en "busca de" lo que sea. Si quisiera sería buenísima pero me chocan.

—No te hagas, es porque eres mala, qué digo mala, malísima.

—No soy malísima, te gané una vez en ese de las *Tortugas Ninja.*

—Por Dios, Sara, ese es prehistórico y fue hace siglos. ¿Jugamos o no?

—No —fue rotundo, sin un vestigio de posibilidad.

—Como quieras, señorita, *peace and love.*

—No me jodas.

Pedro la miró, la estaba molestando en serio. Era fácil sacar a su hermana de sus casillas, ella se esforzaba tanto en hacerse notar por él, en que la respetara y la quisiera un poco, en ser parte de su vida; él en cambio la torturaba con su aparente indiferencia por ella, por todo. Trató de incorporarse, le dolía mucho el abdomen, Sara lo notó:

—¿Quieres una pastilla?

—No, ya se me pasará.

—Si no, deberías ir al médico.

—Ni una palabra a papá.

—Ya sé.

—Me voy a dormir, a lo mejor se me pasa.

—O sea, vete ya.

Sara iba a abandonar la habitación cuando Pedro, arrebatadamente, viéndola en el umbral de la puerta reconoció que ella era su única aliada, aunque en realidad no debía pensar que todos eran sus enemigos, como en los videojuegos, y Sara era un arma de poder que le permitiría librar la batalla máxima. Será que efectivamente tanta pelea ficticia le ha freído el sentido común y su vida se resuelve en buenos y malos, en enemigos o aliados, sin matices: o contigo o contra mí.

—Espera, ¿qué sabes de ciudades virtuales y esas ñoñerías?

—¿De esas donde haces tu granjita y vendes verduras? —se rio.

—No seas mensa, de las otras donde hasta firmas contrato de ciudadanía y todo.

—No las conozco —con sorpresa—. ¿Por?

—Nomás.

—¿En qué andas metido?

—Te cuento.

Pedro comenzó a narrar rápido y omitiendo algunos detalles. Le explicó cómo dio con el sitio, cuáles eran las reglas, lo raros que le resultaban los habitantes, cómo escogió su *nickname*, lo cual provocó la risa de Sara. Le describió a la chica con cara de conejo, el disque *performance* que le adjudicaron, las versiones de quién podría ser él en esa comunidad virtual y por último el hombre gigantesco de traje, lo que le propuso y dijo.

—Ay, Pedro, yo que tú ya no volvía a entrar, está medio raro el asunto.

—Ya sé, pero estoy intrigado.

—Deja por la paz ese juego, hay mucho loco en línea, ¿eh? ¿No has visto los montones de videos que suben?

—Sí, pero como no tengo nada más que hacer pues... La verdad es divertido, extraño, pero me agrada, ¿sabes?

—Te gusta que te hagan sentir importante y diferente, eso es todo, tú nunca vas a cambiar: necesitas ser la estrella. Además eres morboso en mal plan. A ver, muéstrame el sitio.

—Va.

Volvió a la computadora y buscó el lugar. Iba a acceder cuando Armando entró como un vendaval que amenaza con su tormenta destruirlo todo.

—Pedro, tenemos que hablar. En el estudio, ahora.

Desde la ventana del estudio Armando observaba el jardín que a pesar de los esfuerzos de Rosa no le resultaba igual de lindo que cuando Laura lo cuidaba. Notó que la pequeña sección dedicada a especias era la que más estragos había sufrido desde que su esposa ya no podaba ni abonaba esa zona. Abrió la ventana, el aire de la noche entró y le refrescó las ideas. Un ligero olor a romero lo tranquilizó. El recuerdo de su mujer vino con él, eso lo ablandó un poco. Por un momento, la noche, el humo emanando de su boca y el romero le devolvieron un poco de paz. Ojalá esos momentos repentinos de plenitud se prolongaran, no fuera la de unos segundos tiranos, perversos, que al desvanecerse dejan sólo más tristeza. Escuchó a su hijo entrar.

—Ya estoy aquí.

—Siéntate —apagó el cigarro—, le prometí a tu madre dejar esta porquería. Lo intento, hijo, lo intento, pero ahora que estoy tan… agobiado, me es imposible.

—Papá, yo…

—¿Sabes a quién me encontré hoy? Digamos que me interceptó.

Pedro intuyó que sería Cantú. Suspiró, guardó silencio, mejor callar, conocía a su padre, en breve estaría lleno de enojo y sus palabras se perderían en intentos por acercarse a Armando, ofrecerle alguna explicación.

—Al oficial ese que al parecer nos ha tomado bajo su custodia. ¿Sabes qué me dijo?

Lo delató. Seguro ahora su padre pensará que es un criminal y debe ser encarcelado. De cualquier forma ya se está acostumbrando al encierro, qué más da. Sin embargo le nacieron ganas de dar su versión, de defenderse, aún no era un derrotado que terminaría aceptando todo porque piensa que es imposible cambiar la visión de los otros.

—Yo no quise robar un auto, ni agredir a un viejita, ni provoqué la pelea. Además eran dos contra mí, me tiraron al suelo, ni defenderme pude. Uno me pateó muy fuerte, creo que me quebró una costilla —le mostró el golpe aún enrojecido—. Yo sólo quería ir a casa de Jaime y saber si era verdad lo de él con María. Todo lo demás fueron malos entendidos.

Mientras hablaba sin poderse detener se percató de que su padre no estaba enterado de nada de eso, el asombro se asomó a su rostro sin controlarse. Pedro cavó su propia tumba, él no sabe hacer otra cosa que empeorar las situaciones. Armando encendió un cigarro más.

—No, no me dijo eso.

Pedro tragó saliva y bajó la cabeza como preparándose para ser decapitado, él sólo se había delatado.

—Papá…

—¿No te preguntas por qué llego tarde a casa? No, tú estás en el mundo de Magusín igual que tu hermana o añorando a esa muchacha que ni caso te hace. Egoístas, piensan que sólo lo suyo es lo único importante, y yo el tirano de la película, el cascarrabias siniestro o como se llame el maléfico de moda. Ni se les ocurre imaginar dónde ando. Pues te lo voy a decir: comprando pañales para tu madre o medicinas especiales que no la van a curar pero la mantienen estable. Pañales —gritó—, me oíste, ¿qué marido normal compra pañales para su mujer? Por si fuera poco, soporto las miradas de lástima, de pena de los compañeros de trabajo, saben que me estoy desmoronando. No doy abasto ni con el trabajo ni con el dinero. No tengo adónde ir, si vengo aquí, puros líos, problemas, caras largas y reproches. Si voy a visitar a tu mamá, porque lo hago casi a diario, me encuentro con un cascarón humano, de mirada vacía, opaca. Ni me reconoce ni me mira, a veces con suerte me observa con algo de luz en los ojos y balbucea cosas sin sentido, la abrazo y es como estrechar la nada. Hablarle a mi padre, cómo, si él también anda en lo suyo. Tu tía no deja de escupirme a la cara que debí atender a su hermana a tiempo. Es horrible. Entonces me refugio en mi auto, enciendo la radio, pongo música para aislarme, para no saber por unos minutos de mi vida de afuera y me demoro. Me paro en cualquier calle próxima a casa, me bebo un par de cervezas que luego disimulo mascando algún chicle, no quiero llegar, no quiero verte a ti con tu crisis existencial o lo que sea que tengas, lloriqueando como niña, ni a Sara, triste, siempre abatida, mortificada cuando debería estar contenta y divertida; cuidando de ti cuando debería ser lo contrario. Así me siento. Y no, el oficial no me dijo nada de tu comportamiento, ahora de vándalo. Aunque pensándolo bien —sonrió con ironía—, ni siquiera sabía que era yo cuando me detuvo, se acercó porque le pareció sospechoso un auto estacionado en esta colonia con un tipo dentro bebiendo cerveza y escuchando música a tope. Se sorprendió de hecho que fuera yo, me iluminó con su lamparita el rostro, luego miró los paquetes de pañales para adulto en el asiento trasero que por las prisas no guardé en la cajuela, eso lo ablandó. No sé, sólo me recomendó volver despacio a casa, no beber en el auto, si no, tendría que tomar medidas. Luego me contó una historia —sonrió—, ese tipo es harina de otro costal, ni parece policía —dio una calada al cigarro y prosiguió—. Dijo que allá en su pueblo un hombre se cayó en un pozo. El hombre se había caído porque había bebido mucho y con el susto se le pasó la borrachera. A gritos llamó a su hijo mayor, de no más de diez años, y le pidió que buscara una cuerda para ayudarlo a salir. No quería que trajera a nadie por la vergüenza de que sus amigos lo vieran ahí madreado por haberse caído de borracho al pozo. Obviamente el niño no pudo con la soga, mucho menos sujetarla a algún sitio. "Amárrala alrededor tuyo y apóyate en la pared del pozo." Lo hizo y lanzó la cuerda. El padre iba subiendo mientras su hijo sin poder soportar el peso se le rompía la espalda y gritaba de dolor: "No puedo más, no puedo". Y el papá: "Aguanta, que ya salgo, aguanta". Sin poder resistir más, el niño se liberó de la soga y el padre se cayó quebrándose una pierna. Al día siguiente los hallaron, el papá quedó cojo, al hijo se le reventaron dos vértebras, no caminó más. Yo no sabía a cuento de qué venía esa historia hasta cuando, dándome una palmadita en la espalda, agregó: "A veces para salir del pozo uno no es bastante, ni siquiera la familia, busque ayuda, y si lo vuelvo a ver echándose una chelas en el coche me lo llevo detenido".

—Papá, yo…

—No me interrumpas que no he terminado. Escúchame bien, mañana por la tarde vamos a ir a ver a tu madre, quieras o no. El lunes te buscaré ayuda profesional, un psicólogo o lo que me recomienden.

—No estoy loco.

—¿No has entendido nada de lo que he dicho?

—Tú tampoco por lo que veo. El papá está en el pozo…

—Pedro, debes dejarte ayudar.

—Yo no voy a ir a ningún lado, no soy el único podrido de la familia.

—Todos vamos a ir. Te apoyaremos.

—Ahí está la cosa, crees que sólo yo estoy mal.

—Hijo, no sé qué más hacer, no puedo controlarte.

—¿Controlarme?

—Vas a ir aunque te lleve a rastras.

Pedro se levantó con violencia. Armando quedó sin pronunciar una palabra más, sólo escuchó el portazo de su hijo encerrándose otra vez en el cuarto.

Regresó enfurecido a su habitación y encontró a Sara intentando entrar en la ciudad virtual. ¿Por qué seguía en su habitación?

—Lárgate.

Sara sorprendida ante la hostilidad de Pedro se puso de pie.

—Y ahora a ti ¿qué te pasa?

La tomó del brazo con fuerza innecesaria y la lanzó al pasillo.

—Imbécil, ahí está uno ayudándote. Estás loco.

—Pues a este loco nadie lo ayuda, él solito se va a encerrar.

Dio tremendo portazo. Sara, en *shock* ante el repentino cambio de su hermano, fue a buscar a su padre, seguramente él era el causante de esa situación. Cuando llegó al estudio Armando no se encontraba ahí, oyó ruidos en la cocina. Sigilosa se deslizó para sopesar la actitud y saber si era oportuno hablarle o no, no estaba dispuesta a que él también se desquitara con ella. Su papá preparaba la cena y ponía la mesa, sólo dos platos. ¿Dos? Decidió hablarle.

—Buenas noches.

—Hija, siéntate, te voy a preparar un sándwich.

Lo notó demasiado amable, los ojos un poco enrojecidos le brillaban, ¿acaso había llorado? No, si su papá no llora, a lo sumo intentó llorar.

—¿Te ayudo?

—No, déjame hacer algo por ti para variar. No sé si hago bien las cosas. No quiero perderte como a tu hermano, como a tu madre.

—¿Qué paso?

—Mañana vamos a ver a tu mamá tú y yo, es sábado y hay un horario más amplio de visitas. La encontrarás un poco más delgada y demacrada. Está estable, a veces tiene momentos de lucidez. Antier que fui me llamó por mi nombre, me acarició el pelo. Le hablé de ti, de lo orgulloso que estoy de cómo has tomado la situación, de lo madura que eres para tu edad. Hubo un poco de luz en sus ojos, entendía, sí, me escuchaba. Te gusta sin cebolla, ¿verdad?

—Sí, gracias —asombrada y con algo de temor—. ¿Llamo a Pedro por si quiere venir a cenar?

Armando, apretando con fuerza el cuchillo, partió el sándwich por la mitad.

—A ese ni me lo menciones ahora —dándole el plato—. Come. Tu hermano necesita ayuda profesional y se lo dije. Ya basta de estar encerrado jugando esos estúpidos videojuegos, o enajenado con la computadora, obsesionado con esa chica, y cuando se le ocurre salir, anda de vago haciendo estupideces —derrotado se sentó—. No hay lucha con él, el lunes voy a buscar alguien que lo atienda.

—Si no está loco.

—Que no he dicho que lo esté —furioso aventó el plato sobre la mesa—. No soy el enemigo, hija, ¿por qué todo lo que digo lo malinterpretan?

—Ves, te pones así siempre, gritas, golpeas cosas, te enfureces, no nos dejas hablar.

—Pues este padre te tocó, te guste o no, y si no te parece lo que soy puedes también encerrarte, total así es más fácil lidiar con ustedes, así nomás les doy de comer y listo. Ni me tengo que preocupar en dónde andan y sé que están encerraditos, evadiéndose de todo —tronando los dedos—. Así que nada, a tu habitación…

—No somos perros, papá

—Sara, ve a tu habitación. No puedo más, no puedo.

—Papá…

—Que te largues a tu habitación.

—Lo que voy hacer es largarme de esta casa, todos quieren que me vaya —gritando.

—Estoy perdiendo la paciencia —se levantó furioso—, y no me hables en ese tono. Ahora haz lo que de digo, vete.

—¿Es que yo no cuento? —Continuó alzando la voz— Vete, ven, sal, estudia, camina, habla, cállate. Yo también existo, papá, yo también estoy triste, yo también extraño a mamá, a mi hermano.

—Cállate de una vez o…

—O ¿me pegas?

—Sara, estoy perdiendo la paciencia.

—Pues a ver si así me tomas en cuenta. No sólo existen Pedro y sus problemas.

Fue cuando recibió la bofetada. Armando no pudo detenerse. Cuando se percató de lo hecho, su hija ya tenía la mano en el rostro y los ojos llenos de agua. Fuerte, como era, ahí no lloró y le dedicó una mirada tan dura que lo dejó de piedra. Quiso disculparse y las palabras se le atoraron en la boca. Balbuceos fuera de tiempo fue lo único que pudo emitir mientras su hija abandonaba la cocina. Oyó el portazo. En esa casa sólo eso se escucha recientemente, golpes de puertas, gritos, y después un silencio atroz. No fue tras ella, empeoraría las cosas o ¿no? Uno es sus decisiones, de ello dependen los resultados, él decidió quedarse ahí, inmóvil, encender un cigarro y dar una calada fuerte que lo llenara de humo por dentro, y tratando de encontrar un trozo de tranquilidad se dijo:

—Sí, debería dejar esta porquería.

Él no necesitaba ayuda "profesional" de ningún tipo. Es como es, y si no lo quieren así ni modo. En qué momento perdió la brújula de su vida, si todo iba tan bien hasta que perdió a su madre. Recordar ese acontecimiento lo puso de mal humor, se tumbó en la cama y miró el techo, ya había agotado casi todo lo que podía hacer en su habitación y aun así no quería abandonarla ni hablar con nadie. Por lo menos con ningún conocido, ellos lo consideran un idiota por lo ocurrido, ya se cansó de dar explicaciones, de ir de un lado a otro tratando de justificar lo injustificable desde la perspectiva de los demás. Basta, no va a volver a buscar ni a Luis ni a Jaime, vaya amigos resultaron, a la primera caída se marcharon y lo dieron por derrotado. ¿María? Aún no le queda claro qué hará con ella, las mariposas en el estómago no le desaparecen a pesar de que se ha portado despreciablemente.

Su vida es un infierno y él no logra sacar de su cabeza la ilusión de lo que pudo ser. "Ella es una utopía", se sorprendió diciéndolo en voz alta. Recordó entonces la clase aquella en la que el tema fue sobre las utopías sociales en busca de la equidad, la igualdad y la armonía. El maestro les pidió que redactaran dónde se podría concretar una. Él no tenía ni la más minima idea de qué escribir. María, Jaime, Luis y casi todos sus compañeros hablaban de países que están en vías de alcanzarla al erradicar la pobreza, controlar la corrupción, mejorar los sistemas educativos y los salarios. Él, indiferente a todo, pensaba que cualquier lugar sería idílico y posible si María estuviera en él.

Se incorporó para recargarse en la cabecera al acordarse del ridículo que hizo aquella mañana en clase. Cómo se le ocurrió ponerse original, seguro para impresionar a María, y proponer los videojuegos, las redes sociales y las comunidades virtuales como los únicos lugares donde una utopía podría realizarse.

—No sea payaso, Gálvez, estamos hablando de cosas serias.

Sin poder evitarlo, sonrió. Se miró en retrospectiva frente al profesor de Historia, el más duro del colegio, el más amargado, al que le apodaban "la piedra" por pesado y feo, el más conservador y escéptico, a ese le habló Pedro del ciberespacio. La risa de sus compañeros lo enfurecieron, por supuesto, y él ya con el orgullo herido se crece. La adversidad lo hace comportarse a la altura de las circunstancias y casi salió triunfador de la batalla utópica de ganarle a un maestro. Además, se había leído la lección porque le gustaba la idea de construir una sociedad en una isla perfecta donde todo fuera paz y armonía, lugares hechos a la medida de lo que se busca y se desea, parajes donde ser uno mismo no implica estar sometido a que te juzguen los otros por tu inteligencia, astucia o belleza. Hasta él recapacitó. Si es malo con algunos compañeros lo es porque de lo contrario otros lo serán con él. Por eso, imaginar un lugar donde no hay que demostrar nada y simplemente aspirar a ser lo que uno quiere le parecía genial. Entonces argumentó su propuesta de un mundo utópico posible diciendo, *grosso modo,* que si todos buscamos el lugar idílico donde seamos —o pretendamos ser, debió agregar— la mejor versión de uno, internet, aunado a la tecnología, era la opción. Si no, por qué tanto videojuego para hacernos los soldados perfectos, los sobrevivientes más aptos, los héroes más buenos; por qué tantas comunidades virtuales donde llevamos la vida que quisiéramos tener, o las redes sociales donde nos inventamos un otro yo que oculte nuestras miserias...

No pudo terminar su exposición, el profesor lo interrumpió, aunque aceptó que era un ejemplo en cierto sentido acertado —lo cual le valió una buena nota—, aunque agregó que esos espacios alternos confirmaban la imposibilidad de un mundo utópico porque todas esas realidades sólo se dan en la imaginación y en la soledad. No hay interacción social de manera integral ni contacto con los demás, y al apagar la computadora, y aun habiendo ganado en el juego, se vuelve a la realidad que a cada uno nos ha tocado llevar. Aquello lo pronunció el maestro como una sentencia y le dolió pensar que fuera cierto.

—De qué sirve llevar una vida virtual si todo es fantasía, si te enfermas ahí no te van a curar aunque te hagas pasar por médico en esas ciudades cibernéticas. O pensar que eres famoso por la cantidad de seguidores o "me gusta" en las redes sociales de gente que ni te conoce. Gálvez, es una ilusión, una linda ilusión, nada más. Ah, y en los videojuegos, el virtuosismo o los buenos reflejos que puedas adquirir no sé en dónde vayas a aplicarlos.

Pedro quería rebatirlo, mas otro compañero se le adelantó.

—Profe, un personaje de *Guerra Mundial Z* aplica todos los conocimientos aprendidos en los videojuegos durante su autoencierro para matar a los zombis que son una amenaza...

—A ver, Reyes, ni siquiera pudo salvar a sus padres, se enteró de que había un apocalipsis porque ya sus papás lo dejaron de alimentar, sus necesidades físicas lo sacaron de ese universo imaginario, no su intuición de la catástrofe. Esas lecturas son divertidas, pero, caray, no manuales de supervivencia.

Todos los alumnos se sorprendieron de que "la piedra" fuera lector de esas novelas. Reyes siguió insistiendo, no iba a dejar que Pedro, un estudiante mediocre y con déficit de atención, se llevara la mejor aportación de la clase. Desafiante, preguntó:

—Entonces, ¿no cree que la imaginación provoca cambios?

—La imaginación sí, la evasión no.

Un silencio profundo se hizo en la clase. Sonó el timbre anunciando el cambio de salón y de asignatura. Pedro aún se pregunta a quién salvó la campana, a "la piedra" o a todos ellos que no acababan de entender si se divertían con esos juegos o se evadían. Quizá fue mejor así, de esa manera cada quien tendría que descubrir por cuenta propia en dónde están parados. En el caso de Pedro, enojado con el mundo, al que consideraba injusto y arbitrario, como si una maldición planetaria se hubiera ubicado en su persona, estaba instalado en una vida que apestaba. Porque ¿de qué sirve estar en la realidad si ahora, en su caso, lo quieren llevar con un loquero? Se sacudió ese recuerdo y fue directo a la computadora. Abrió el correo y encontró la dirección del chat que el hombre gigantesco de traje le envió. La buscó en la red y entró:

—Vamos a ver de qué se trata. Total, la vida inventada o no, aquí o ahí, al final termina siendo la misma mierda.

El recibimiento del chat privado era una insulsa página negra con una palabra que parpadeaba de forma intermitente: *Entra.* Esa palabra tan llana, directa y común le provocó un escalofrío. La simpleza de la invitación lo perturbó. Era para él, no se expresaba en forma impersonal, entrar, sino "entra tú", como si fuera dirigida a Pedro y únicamente a él. Su dedo dudó en pulsar el comando que le permitiría el acceso, algo en Pedro se colapsó cuando, entre la duda y el arrepentimiento de acceder a ese chat, aparecieron otras dos palabras que parpadeaban a más velocidad: *Entra ya.* Ese imperativo, esa orden, lo desbloqueó y apretó el botón para acceder al sitio.

Después de unos segundos de un negro profundo y sin atisbos de cambio alguno apareció un cursor de color naranja. Parecía un latido, acompasado y sereno. Esperó durante un par de minutos alguna reacción del anfitrión. Nada, sólo esa diminuta línea destellante y calma. Lo más extraño de la situación era que Pedro por un momento creyó que se encontraba en una habitación oscura mirando una línea naranja hecha de pixeles que latía. Sacudió la cabeza. Aquello le aterró un poco, un desconcierto se le coló por cada uno de los poros de la piel, lo que desató una adrenalina curiosa e impertinente que lo orilló a dar el primer paso, escribió:

Ya estoy aquí.

La frase se reflejó en el monitor en color verde, el cursor entonces también cambió a ese tono, porque enseguida obtuvo una respuesta en naranja.

Sabía que vendrías. ¿Te costó trabajo decidirte?

Aquella familiaridad le molestó, como si de pronto un amigo te invita a su casa y cuando llegas un poco retrasado te pregunta si te costó trabajo llegar. Sin embargo, no le importó la incomodidad producto de ese extraño encuentro pues podía más su curiosidad. Por otra parte, no tenía nada mejor que hacer.

No, sólo que es un poco freak *tu chat ¿no crees?*

Eres el primero que me lo dice. Generalmente preguntan antes quién soy y por qué los invité.

Y aquí vives o ¿qué?

Le pareció oportuna la pregunta después de haber repasado aquel recuerdo de la clase sobre las utopías.

No, cómo crees, nadie puede vivir en una página negra, aquí sólo me habito y juego.

Ah, qué... chido.

La verdad, ni sabía qué decir porque no entendió muy bien lo de "me habito".

Yo creía que uno habita una casa, un departamento, una granja, lugares así, no una página en internet.

El cursor naranja parpadeó un par de veces antes de contestar.

Siguiendo la lógica del verbo habitar: la de ocupar un espacio ya sea concreto o abstracto, uno puede habitar cualquier cosa, siempre y cuando crea que puede estar ahí, ya sea una casa, un edificio, una idea, una persona o, por qué no, una página, un chat, una imagen. Tu avatar, Iván, el terrible, es una habitación, ahí te habitas.

Te crees muy listo ¿eh? Parece que sabes muchas cosas.

En realidad soy lista. Y no sé muchas cosas, sólo las que me interesan. Ya te dije, tengo aburrimiento crónico.

¿Eres una chica?

Sí.

Y ¿por qué ese avatar de hombre gigantesco, mayor y con traje?

Era de mi padre, y a veces para hacer mantenimiento al programa, que como te dije, él creó, por más imbécil que te parezca, pues yo lo uso. Mi avatar es el de la chica con cara de conejo.

Pedro no podía dar crédito, sin embargo, más que nunca estaba intrigado.

Jamás lo hubiera imaginado, la chica cara de conejo me parece…

Mi papá la diseñó, a él le hubiera gustado que fuera así, extrovertida, coqueta, divertida, popular. También construyó esa ciudad virtual para mí, para que conociera gente y socializara un poco. Siempre he sido retraída, no me gusta la escuela y la gente en general me resulta insoportable. Él nunca lo aceptó, quería integrarme al mundo, así que se inventó un mundo para mí como terapia. Me imagino que estaba entrenándome para vivir la realidad, pero me siento más a gusto en el avatar de él, en el fondo nos parecíamos mucho, quizá por eso deseaba otro tipo de vida para su hija.

A él ¿qué le pasó?

Murió.

Ups, qué gacho. Lo siento.

A veces lo extraño, con él hablaba en persona. Ahora me cuida mi madre, pero con ella sólo hablo por teléfono o le envío mails, aunque vivamos en la misma casa.

La chica o lo que fuera, aún no estaba seguro de quién sería ese montón de letras detrás de la pantalla, le parecía una loca. Temió seguir involucrándose, pero siempre le ha ganado el morbo, es curioso. Por otra parte él estaba llevando ese mismo comportamiento, no salía, ya no digamos de la casa, de su cuarto, y hacía poco había hablado con su hermana por el celular en vez de ir a la cocina a preguntarle.

¿Te doy miedo?

No sé qué me das. Eres rara o raro.

Chica, ya te he dicho.

¿Quién me lo asegura? ¿Podrías ser un loco vagando por la red?

Sólo puedo ganarme tu confianza. Ya sabrás si quieres ser mi amigo o no.

¿Cuántos años tienes?

¿La edad importa? O ¿cómo eres físicamente? O ¿tienes una linda o fea voz? Todo eso nos aleja, no nos acerca. Por ello cada vez estamos más solos, porque nos fijamos en las puras apariencias. A nadie le importa otra cosa. ¿No sería mejor ser un simple latido virtual, esto que somos ahora?

O sea que eres fea o acomplejada.

Pedro no pudo evitar ser directo, siempre ha sido así, inmediato, y la verdad no sabe ni por qué le interesó a esa lunática del ciberespacio. La chica tardó en contestar, ¿le habrá aboyado su vanidad? Aunque si a ella no le interesan los conceptos de belleza, pues debería haberlo tomado con naturalidad.

¿Tú eres feo o acomplejado?

Ah, no esperaba como contraataque una pregunta.

No soy feo.

Su respuesta tan llana debió desesperar a la chica porque tardó en volver a contestar. Pedro comenzaba a divertirse, le pareció buena idea importunarla, así recuperaría un poco la diversión perdida por el encierro.

Es verdad, no estás mal. He visto tus fotos…

Asustado, nervioso, escribió.

¿Cómo que mis fotos? ¿Dónde? Si yo ya me salí de todas la redes sociales.

Mira, Pedro.

También sabía su nombre.

Cuando aceptaste entrar en mi ciudad me dejaste acceder a todo lo tuyo. Te conozco. También sé que eras muy popular hasta que perdiste a tu madre. Ups, qué gacho.

Esto último le caló porque se imaginó una sonrisa de satisfacción en el rostro de la chica devolviendo el golpe bajo por la posible fealdad de ella. Buscó la manera de salir de la página, no había forma, incluso pulsó un par de veces la tecla ESC sin éxito.

¿Quieres salir?

Sí.

¿Te aburro?

No, pero ya quiero cortar esto.

¿Por qué acosabas a María? ¿Sigues obsesionado con ella?

Otro silencio en la pantalla por parte de Pedro.

Ni lo hacía ni lo hago. ¿Tú cómo sabes…?

Vi el video y otro de tu papá golpeando a un policía. Pobre de tu hermana, dos violentos en la familia. Por cierto, ¿sabes que quiso entrar en mi ciudad? No la admití. No me gustaría que anduviera fisgoneando, te haría sentir incómodo. Además ella se parece a varios de los que habitan la comunidad. Ingresó sus datos y me dio acceso a ellos. Es una buena persona, un poco retraída, pero tiene buenos amigos. No como tú, ya ves, creo que Jaime se quedó con María. Te puedo mandar alguna foto, se ven felices.

Pedro comenzó a asustarse en serio, no sabía en qué se había metido.

Deja en paz a mi hermana, ¿de acuerdo?

¿Crees que soy capaz de hacerle daño?

No.

Un breve silencio virtual.

Pues deberías temerme. Levanta la cabeza y mírame.

¿Qué?

¿Ves la luz verde de la cámara encendida?

Sí.

Te estoy viendo, tengo acceso a tu cámara.

¿Cómo?

No sabes la de cosas que aprendí de mi padre. Lo que el encierro, el aburrimiento…

Estás loca.

Estoy aburrida.

Nervioso, no atinaba qué hacer.

¿Y yo tengo la culpa?

No, pero me distraes. Eres distinto, nunca alguien como tú visitó mi ciudad, no estás en el perfil.

Pedro sonrió de lado, sintió su *ego* fortificado y eso lo relajó un poco. Además qué podría hacer una chica cuyo avatar es una cara de conejo.

Así que soy especial.

No, eres un chico promedio, soso. Nunca he jugado con uno así. Es para mí un reto, anticiparte.

De eso se trata, de jugar.

Todo es un juego. Los hay para las masas, los compras en las tiendas, matas, destrozas y ganas puntos, y están los que diseñamos para hacer de tu mundo real un espacio para divertirse. Nosotros ganamos revancha y satisfacción.

Estás bien traumada, déjame decirte.

¿Tú no, Iván, el terrible?

Ya no me llames con ese estúpido nombre, por favor, yo soy Pedro, me guste o no. Tú, ¿cómo te llamas?

Puedes llamarme Alicia.

¿Es tu nombre verdadero?

¿Importa?

Pues si quieres ganarte mi confianza contesta las preguntas y no te hagas la interesante. No sé ni por qué me metí en tu estúpida ciudad, debí estar muy desesperado…

Te he mandado un regalo. Quería que fuera especial y recordaras nuestro primer encuentro. Debe estar por llegarte. Lo planeé tan bien, hasta ahora no me he equivocado en nada. A veces me asombro.

No quiero regalos, quiero que desbloquees mi computadora, cerrar el chat y seguir con mi miserable vida y no volver a saber de ti jamás. ¿Podrías regalarme eso?

Armando tocó la puerta. Pedro se sobresaltó al escuchar la voz de su padre pidiéndole que abriera.

—¿Qué pasa?

—Llegó un paquete para ti, debes firmar. ¿Quién te manda paquetes a esta hora?

Su respiración se agitó. Trató de guardar la compostura. Escribió.

Sí, ya lo conseguiste, estoy asustado.

Te va gustar. Ve y firma. Además no me costó nada, lo pagué con la tarjeta de crédito de tu papá.

¿Cómo hiciste eso?

Diste los datos para ver porno en línea, esos lugares no son seguros.

—¿Vas a abrir o qué?

—Ya voy, papá.

Angustiado desconectó la computadora de la luz. Tomó un poco de aire para serenarse y que su padre no notara lo perturbado que estaba. Abrió la puerta y sin dirigirle la palabra fue a la entrada, firmó, recogió el paquete e intentó regresar a su habitación. Armando lo detuvo.

—No vas a ningún lado. Quiero ver qué es eso.

—Tengo derecho a mi privacidad.

—Mientras vivas en esta casa no tienes ningún derecho más que el que yo te dé. Ábrelo.

—Papá, por favor —se puso un poco pálido pensando que Alicia le había mandado películas porno, o alguna cosa peor. El paquete venía envuelto. En pocos segundos deshizo la envoltura y para su sorpresa era una caja de chocolates de la marca que más le gustaba—. ¿Chocolates?

Armando escudriñó la cara de su hijo buscando una respuesta a la misma pregunta que se hizo mentalmente: "¿Quién le mandaría chocolates?".

—Y ¿eso?

Pedro alzó los hombros y quiso dirigirse a su cuarto. Armando lo detuvo nuevamente.

—No me trago lo de los chocolates. Quiero ver que sea eso.

—Papá.

—En tu estado más vale verificar las cosas.

—¿Cuál estado?

—No te hagas, déjame ver —le quitó la caja y la abrió. Eran chocolates y con una nota dentro, la leyó en voz alta—. *Cómeme.* Bueno, me comeré uno.

Pedro estuvo a punto de evitar que lo hiciera, ¿y si están adulterados? Era demasiado tarde, su padre se comió dos y le dio la caja.

—Están buenos. ¿Quien te los mandó?

—Una amiga para darme ánimos.

—Buen detalle. Me alegra que ya no estés tan arisco, es bueno comenzar a retomar la vida, hijo, a intentar ser el de antes, más maduro, claro, pero alegre, como eras.

Lo que le faltaba, su padre poniéndose motivacional cuando él lo único que quería era irse de ahí para poner orden al nuevo caos en el que se había metido. Sonrió a Armando y éste continuó:

—El lunes voy a ver lo del psicólogo. ¿De acuerdo?

—Sí, papá.

—Ya verás qué bien te vas a poner.

—Seguro. ¿Puedo irme a mi cuarto? Estoy cansado.

Armando se sorprendió de la docilidad de su hijo, no quiso conjeturar nada ni dudar de las buenas intenciones del chico, así que le permitió hacerlo. Pedro, en vez de refugiarse en su habitación, se fue directo a tocar la puerta de su hermana.

—Sara, por favor, ábreme, tenemos que hablar.

Sara escuchó la súplica de su hermano, le pareció patético que ahora él la buscara con esa voz lastimosa que conocía a la perfección. Cada vez que hacía alguna atrocidad y era descubierto se ocultaba en alguna buena escusa que ella le ofreciera. Dudó si abrirle o no, la había tratado con mucha indiferencia, de mal modo durante las últimas semanas. Por si fuera poco la echó de la habitación y se tuvo que aguantar también el mal humor de su padre después de hablar con él. De qué se queja, ella siempre ha permitido ese abuso, quizá porque es su hermano mayor y le guarda cierta deferencia y un cariño desmesurado que él utiliza para sacar provecho.

Dejó el libro sobre la cama. Por fortuna ya no necesita de él para que le leyese alguna historia mientras ella, como tributo, le rascaba la espalda o le daba masajes en los pies. Movió la cabeza negando aquella imagen traída por su cerebro. Cuánto sufrió con las versiones macabras de los cuentos infantiles que Pedro le leía hasta que por fin aprendió a leer y se liberó de las lecturas malévolas de su hermano en las que hacía sufrir a las princesas que invariablemente nunca se casaban, las brujas se comían a los niños, los osos esclavizaban a ricitos de oro y el lobo se comía a Caperucita roja en salsa verde. Destrozaba las historias infantiles a su antojo. Sin embargo, la peor de todas, la que nunca olvidará por lo aterrorizada que se quedó durante mucho tiempo fue la de *Pinocho.* Le rompieron la nariz por mentiroso crónico, no lo soportaba nadie. Con un serrucho le dejaron sin ella, le contó. Era peor que *Pedro y el lobo,* que por supuesto nada tenía que ver con él salvo en el nombre. Como le tenían aprecio a Gepetto, porque a los viejitos todo el mundo los quiere, se apiadaron del muñeco de madera para que lo cuidara en su vejez pero lo convirtieron en un niño sin nariz; Gepetto, horrorizado, sin poder soportar la visión de su creación con ese defecto horrendo —nadie quiere a un niño sin nariz, y eso lo enfatizaba abriendo los ojos descomunalmente—, lo repudió y lo regaló a un circo. Cabe mencionar que Sara no durmió bien durante muchas noches aterrorizada por un niño-muñeco que cuando había luna llena vagaba por las calles, después de su trabajo como *freak* en el circo, buscando una nariz hermosa que robar para usarla como propia. Cuando se enteró Laura de la causa de los desvelos, pesadillas y ojeras de su hija, lo reprendió muy duro. Aunque algunos años después los tres se reían de semejantes ocurrencias, ciertamente los relatos de Pedro, aunque sádicos, eran muy aleccionadores porque casi todos estaban movidos por la vanidad, la envidia y la ambición, lo cual te lleva a hacer cosas insospechadas. A Sara le sacó una sonrisa pensar en ese momento de su pasado, y por esa nostalgia le abrió la puerta:

—¿Qué quieres? ¿Ya te volvió a regañar papá? Por tu culpa a mí también me puso una…

—No puedes dejar de pensar en ti una sola vez y escucharme.

—¿Cómo? —Puso cara de aquí el mundo es al revés— Ahora soy yo la egoísta.

—No hagas drama, da igual. Necesito que me ayudes.

—Ahora ¿en qué te metiste?

—Técnicamente, en nada.

—Suéltalo.

Pedro le contó rápidamente que haciendo caso omiso de lo que ella le sugirió, entró, por curiosidad, por morbo, al chat del hombre gigantesco del traje. Todo fue porque se enojó con su padre, porque le dijo que estaba loco y lo iba a internar. Esto último escandalizó a Sara:

—Nos quiere encerrar a todos, primero mamá y ahora a ti.

—No, bueno, no es tan así. En fin, eso no importa ahora, déjame seguir...

Sin dar muchos detalles le contó la conversación, lo estrafalario y bizarro del sitio, lo loca que estaba la chica aunque él en un principio pensaba que era chico, pero resultó lo contrario. Por si fuera poco, sabía todo acerca de él, todo, y hasta de Sara y de su padre. Pedro soltó la teoría de que era una demente que *hackeaba* cuentas y se divertía. Y exageró, exageró, exageró, aunque ya la situación por sí misma era bastante inusual y no había necesidad de agrandarla. La cereza de los hechos: el paquete enviado a su domicilio. Armando lo recibió y le exigió ver el contenido ahí mismo, él temió que fuera pornografía —le dio vergüenza admitirlo—, y además el regalo lo había comprado la hacker con la tarjeta de crédito de su padre —Sara en esa parte del relato puso una cara de ¿qué te pasa?—. La caja contenía sus chocolates favoritos con una nota que decía: *Cómeme.* Terminó la narración con:

—Se llama Alicia, o eso me quiere hacer creer.

Sara quedó muda. Era imposible que su hermano no se hubiera dado cuenta de que la tipa esa o lo que fuera lo había involucrado en una adaptación, bastante libre, como las que a ella le fabricaba de pequeña, de *Alicia en el país de las maravillas.* Eso la hizo dudar de la posible veracidad de lo contado por su hermano. Pedro era capaz de inventarse eso y más, no tendría mucha capacidad para algunas cosas pero para improvisar o utilizar a los demás, era único. Seguro que le robó la tarjeta de crédito a su padre para enviarle chocolates a María y ésta, airada como está, se los devolvió, y para justificarse ahora se inventa todo eso del chat imaginario, como antes esa ciudad virtual a la que nunca pudo acceder, y es, sin darle más vueltas al asunto, uno de esos sitios fantasmas que abandonan sus creadores en la red. Bien se sabe, lo que se cuelga en la red nunca desaparece, queda ahí como pedazos de información muerta, de pasados mentales de quien los fabricó.

—Pedro, ¿me estás contando la verdad?

—Te lo juro por mi madre.

—¿La que perdiste?

Pedro se quedó helado. Se percató de que su hermana no lo ayudaría. En sus ojos notó, además del desencanto, un dejo de decepción que nunca antes había percibido. También, para más desolación, algo de temor y hasta una pizca de lástima, combinación perfecta para descalificarlo a él y a toda su angustia.

—No me crees.

—Hermano, necesitas estar muy bruto para no darte cuenta de que estás o están, ya no sé, reinventando *Alicia en el país de las maravillas.*

—Pues sí, estoy muy güey, ahora que lo dices es verdad y no me di cuenta. Bueno, pero tampoco es que sea tan así, digo, si no soy imbécil.

—No sé qué te pasa. El encierro te ha hecho daño. ¿Te acuerdas que una vez te dije *hikikomori?*

—No, ¿eso qué es?

—Creen que es un síndrome, pero en realidad así dicen en Japón a la gente que se encierra a piedra y lodo. Su habitación es su mundo, la computadora su voz, sus ojos, sus emociones. Tienen una filosofía rara de la vida, aborrecen el mundo exterior que los daña o no los acepta, algunos tienen razones muy fuertes para aislarse completamente, otros simplemente se han aburrido del exterior…

—¿Tú crees que ella sea una *hikikomori?*

—No sé, para empezar, si en verdad existe.

—Piensas que me inventé todo.

Levantó los hombros en señal de derrota, intentaba creerle, sin embargo…

—Qué voy a hacer, ya ni contigo cuento. Ven, vamos a mi habitación y verás que me tiene bloqueada la computadora, tuve que desconectarla porque no había modo de salir.

Sara suspiró y volvió a tomar el libro para continuar su lectura.

—Ya veo que no me vas a ayudar. Por lo menos dime, tú que harías en mi caso.

—¿De verdad quieres saberlo?

—Sí, venga, soy todo oídos.

—Yo desconectaba la computadora por varias semanas, porque en el caso supuesto de que Alicia existiera —al decirlo se felicitó de no volver a caer en una treta de su hermano— y te intimidara desde la red, pues si tú no navegas ni circulas por ahí ella no podrá hacerte nada.

—¿Tú crees?

—Su poder está en el ciberespacio, no en la realidad. Vale la pena probar.

—Tienes razón.

Lo percibió asustado ¿y si era cierta esa historia? No, no podía ser, no se iba a ablandar ahora, aunque sí lo notó disminuido y algo encorvado.

—¿Te sigue doliendo la costilla?

—Ya me duele menos, o con el susto se me olvidó.

—Deberías tomarte otro paracetamol antes de dormirte.

—Si duermo…

Le sonrió y abandonó la habitación de su hermana un

poco más relajado, aunque seguía intranquilo. Al llegar a su cuarto verificó que la ventana estuviera bien cerrada y la computadora desconectada, incluso quitó el cable que la alimenta a la electricidad y lo guardó en un cajón. Esa noche no puso el seguro en la puerta.

Tercera parte

¡Qué extraño es todo hoy!
¡Y ayer sucedía todo como siempre!...
¿Habré cambiado durante la noche?
Pero si no soy la misma,
el asunto siguiente es ¿quién soy?
¡Ay, ese es el gran misterio!
Lewis Carroll

Una semana había pasado desde el extraño suceso con Alicia, aquel que obligó a Pedro a desconectar la computadora. Por las noches, antes de irse a dormir, verificaba que estuviera bien apagada, incluso no encendió más el celular por si acaso. Estaba en periodo vacacional y logró terminar las materias desde casa, aprobó todas, los maestros querían deshacerse del chico que perdió a su madre y era un acosador en potencia. En perspectiva aquello resultó bueno, ya no tenía ningún futuro ahí, tal vez su padre le buscase otra escuela porque la idea de estudiar en línea no le atraía tanto después de que Alicia, o como se llamara, lo asaltó emocionalmente en el ciberespacio. Quizá no era para tanto, exageraba, sin embargo decidió mantener distancia con internet un tiempo prudente, reconsiderar opciones, el verano estaba apenas iniciando y es el mejor momento para descansar de uno mismo. Armando aún insistía en llevarlo con un loquero; Pedro, ya cansado de ir contra la corriente en ese mar de malos entendidos y contraindicaciones emocionales, aceptó. ¿Qué mal podría hacerle? Ya estaba con el agua hasta el cuello, si subía un poco más dejaría de hablar, después de oír, luego de mirar y al final sería un muerto viviente que, sin ser un zombi, va por ahí dejando que el tiempo se lo coma en el desánimo y la tristeza.

Fue duro recuperar el hábito de dormir por la noche y hacer cosas por la mañana, aunque fuera en la casa, pero sin acceder a internet, agotadas las series televisivas, las películas y sin mucho ánimo de salir tuvo que reacomodarse e intentar salvaguardar su vida de otro modo. Se dedicó a recuperar el jardín de su madre para ocuparse en algo, abonó las plantas, recortó el césped, podó las enredaderas, desyerbó la pequeña hortaliza. Las lechugas y las papas fueron las primeras agradecidas, más tarde los tomates miniatura asfixiados por una chayotera que sin clemencia amenazaba con devorar todo a su paso. La sacó de raíz, era tarde para hacerla entrar en razón, además destrozaba el paraíso de su madre; en su lugar plantó zanahorias. Laura siempre quiso hacerlo, eso y la posibilidad cultivar ahí algunas sandías. Pedro asumió que aunque se negaba a ir a verla, rehacer el jardín era un pequeño regalo que a distancia él le ofrecía, aún no estaba preparado para ir al lugar donde la confinaron, así se lo expresó a Armando.

Cuando se quedaba solo en casa, aprovechaba particularmente las ausencias de su hermana —ella se iba con las amigas o con la tía Estela a comprar algunas cosas de chicas—, él utilizaba su computadora para investigar sobre los *hikikomoris.* Como se le metió en la cabeza que la suya estaba intervenida, e ir a un cibercafé levantaría sospechas —sí, Rosa chismeaba sus movimientos—, optó por usar la de Sara y desde ahí hacer sus indagaciones. Eso y descubrir las intenciones de Alicia.

El primer encuentro con estos seres que han llevado el aislamiento a grados extremos le pareció escalofriante. Variaban las edades, mas sin excepción parecían larvas en cautiverio condenadas a estar siempre en proceso de gestarse en algo. Pálidos y suspendidos en esas habitaciones tipo capullo de muy pocos metros cuadrados, atiborrados de objetos, ropa, libros, cómics, mangas o revistas, figuras de héroes de acción, videojuegos. La mayoría de las viviendas parecían cuartos-basurero apilando refrescos, comida instantánea, bolsas de frituras o dulces. Algunos, por el contrario, los menos, eran escrupulosos y la habitación mantenía un orden llevado al extremo de la exigencia. En cualquiera de los casos eran compulsivos y su único contacto con el mundo era una o varias pantallas luminosas que los fusionaba al ciberespacio multiplicándolos en vasos sanguíneos que alimentaban la red. Aunque el fenómeno es muy fuerte en Japón, se ha propagado a Europa y a la América sajona y latina. Leyó varios testimonios de gente que vivió décadas encerrada en dormitorios minúsculos expandiendo su vida por el hiperespacio cibernético sin concebir otra realidad que la ofrecida por la tecnología. Asumiéndose chispas electrónicas, desplazándose por las regiones más oscuras de un inmenso cerebro tecnológico que congrega a miles de seres, ya no son sino impulsos, manifestaciones de una realidad alucinada.

No hay una razón concreta para ser un *hikikomori*, simplemente te llega la necesidad de no mostrarte más al mundo, "no es tanto el temor a salir, sino darte cuenta de que nada afuera te motiva". Pedro tragó saliva, se identificó y se imaginó dentro de un manga japonés siendo inyectado por una luz que mana de la computadora y lo escoge para seguirla. Como si desde las entrañas más oscuras de esa hiperrealidad virtual existiera un virus saltando las fronteras del plasma y los sistemas binarios para incorporarse en las regiones más adormecidas del sistema nervioso del cuerpo humano; controlando sus deseos de interactuar, aprovechando que las emociones han sido deprimidas por eventos catastróficos o por predisposiciones genéticas que el azar arrojó a la puerta de tu organismo. Y cuanto más leía más se asomaba en él la posibilidad de ¿enfermarse?, o de haber sufrido un ¿contagio? Por eso Alicia lo ¿reconoció? Vio en Pedro lo que se necesita para pertenecer a esa raza extraña que poco a poco se va propagando por el mundo. Negó con la cabeza aunque el corazón se le hizo un nudo, oyó hasta un leve crujir dentro de él cuando leyó un poema escrito por un *hikikomori* en una revista electrónica:

Los *hikikomoris* viven en sus dormitorios
No quieren a nadie, ni nada
ni ser vistos
ni cantar
ni girar sobre los relucientes zapatos de charol
ni ser felices con la novia adorada
ni comer platillos sabiamente sazonados
ni alzar los rostros
para que el sol del mediodía los pinte de amarillo.
Los *hikikomoris* se duchan levemente
y pasan el día mirando el esplendor de la pantalla
porque algo pasa
si no eres mamífero vertebrado
si no posees cabeza, tronco y extremidades
si no estás hecho de un compuesto de carbono
si no te pasas el día pensando en ser alguien
un perfil de colores definidos en medio de la multitud
un personaje que gana una sonrisa cada día
un genuino tesoro de la casa
de la patria
de la humanidad.
Sí
porque
algo pasa si eres un estigma.
Una vergüenza Una vergüenza…

Pensó en Alicia y en su alucinado mundo lleno de seres con cajas de cartón por cabezas, con avatares híbridos o estrambóticos, con espacios melancólicos imitando las ciudades de las que huye porque son la vergüenza y no encajan en los estándares que impone la sociedad, la escuela, el trabajo, los amigos, la familia. Pensó en él como ese Iván, el terrible, que tras el rechazo o la culpa fue en busca de un grupo que entre sus filas lo integrara y le regalara una renovada fuerza para enfrentarse al mundo. Están solos, más se saben legión, y en esa soledad compartida radica su fuerza. Son muchos en un mismo modo de vivir, de compartir y de engendrar otra forma de sentir el mundo, de contemplar la vida. La metamorfosis para Pedro ¿comienza?

—¿Cómo vas a ser un *hikikomori*? Ya bájale, Pedro. Deja tus mamarrachadas.

—Tengo todos los síntomas de la enfermedad, Sara —le enseñó unas hojas impresas—, seguro que Alicia me la pegó.

—Te pasas, eso no se pega. Te estás enajenando, nomás te quiere asustar, le provoca placer torturar a idiotas como tú. Desde el incidente de los chocolates ya no ha pasado nada ¿o sí?

—No, nada.

—A papá debes temerle, prepárate para cuando llegue el estado de cuenta de la tarjeta de crédito y se entere que pagaste con ella sitios porno y chocolates.

—Estoy revisando constantemente el correo, hasta Rosa cree que estoy esperando carta de mi novia, así me dijo, la mensa. Nadie escribe cartas y las manda por correo.

—Menso estás tú, mi papá recibe su estado de cuenta vía electrónica, o sea, prepárate.

—Ese es el menor de mis problemas. Como ya acepté ir al loquero se va aguantar, me voy a sacar el clásico de: "Cambiaré, seré una nueva persona". Eso les gusta oír.

Sara hojeó las páginas que Pedro le había entregado. Eran bastantes y en algunos artículos venían fotografías un tanto perturbadoras del modo de vida de los *hikikomoris*.

—Están pesados. Viven como en chiqueros. Si mi mamá

estuviera aquí y tú en esas condiciones de vida, no te la acabas, ella jamás lo hubiera permitido.

—No entiendes, no se trata de permitir o no, es una elección de vida.

—¿Los defiendes?

—No, trato de entenderlos.

—¿Tú?, la verdad, hermano, desconozco. Por lo que veo a ti te mueve ahora lo bizarro, lo grotesco, lo friki, eres —riendo— morboso Xtremo.

—No, me mueve el miedo, Alicia me asustó en serio.

—Que no la llames así, escogió ese nombre y esa historia porque está... perturbada, loca, ve a saber por qué retorcidos pensamientos. La chica o chico o lo que sea, está mal. Ya párale, vas a acabar haciéndome odiar esa historia que tanto me gusta.

Pedro, ignorándola, continuó con la conversación que le interesaba.

—Leí que este síndrome o enfermedad o condición, o como te dé la gana llamarlo, del nuevo milenio es equivalente a la anorexia de las chicas en los noventa. Nosotros somos más propensos a ser contagiados porque tenemos mayor presión social que ustedes.

—Que no es un contagio ni una peste apocalíptica. Y tú eres un anoréxico pero de metal, cómo se te ocurre decir que nosotras no tenemos presión ¿eh? Eso de vomitar hasta los sesos para estar a la altura de sus deseos ¿no es presión? Seguro se hace por puro gusto.

—Sara, no estamos hablando de ti ni de tus amigas, escúchame: por qué te niegas a ver lo inevitable, me han infectado.

—No tienes remedio, ni tú te lo crees.

Los dos no pudieron contener la risa. Rieron por un rato hasta que Sara recuperó el control.

—Tú qué *hikikomori* vas a ser, tú eres un paranoico. Ni te

persiguen, hermano, ni te quieren infectar, nadie se va a acordar en —dudó en la cantidad— algunos años de lo que te pasó. Uno debe crecer y dejar atrás las cosas, no puedes cargar con ese peso siempre, hay que ir por la vida ligeros de equipaje, lo dice el abuelo todo el tiempo.

—Sí, por eso no lo vemos nunca. Él va a lo suyo, ligerito, ni una vez ha venido a la casa desde lo de mamá.

Sara ya no quiso comentar nada de ese padre ausente que Armando tiene y ven muy poco y a quien ellos recuerdan por sus frases célebres sacadas de algún manual de superación personal. Alguna vez su madre les comentó que es uno de esos egoístas que sólo ven para ellos y que tuvieron hijos por accidente, los presumen cuando les conviene y los usan cuando les conviene también. Sufren por ellos para lucir ante el público agradecido su miseria humana y son unos ingratos justificando su indiferencia hacia ellos; pero era el padre de Armando, y Laura por eso siempre lo invitaba a los cumpleaños y por Navidad, y él llegaba cargado de sonrisas, de historias y de nada más.

Terminó de hojear la información recolectada por su hermano sobre los *hikikomoris* y fue al estante donde guarda sus libros, le entregó uno a Pedro.

—Toma, te lo lees, para que veas que los *hikikomoris* —salvo por la tecnología— han existido siempre. Gregorio Samsa bien pudo inaugurar la tradición.

—Y ese ¿quién es? —Leyó la portada— *La metamorfosis.*

—Te va a gustar.

—De qué va.

—Pues léelo.

—Un adelantito ¿no?

—De un chico que harto de su vida se encierra en su habitación. Mientras está ahí encerrado se convierte en un bicho... Está bueno —regresándole las hojas impresas—, ¿de dónde sacaste toda esa información si ya no prendes tu computadora?

—De la tuya, hermanita, pero te juro que nomás poquito y no me metí a tus archivos donde guardas una novela que estás escribiendo, ni vi tus fotos de viajes, ni entré a tu correo electrónico que nunca cierras. Por cierto, te voy a enseñar a poner clave de entrada y ¿desde cuándo no has bajado las últimas actualizaciones? Estaba lentísima, ya me encargué de eso, vas a notar la diferencia.

Le lanzó las hojas a la cara, su hermano jamás va a cambiar, como un tigre nunca muda sus rayas.

—¿Por qué lo hiciste? Yo no me meto con tus cosas.

—Estoy asustado, tengo un mal presentimiento.

—No te va a pasar nada, además los *hikikomoris* no salen de sus cuartos.

—Te equivocas —terminando de recoger las hojas—, vi en internet que hay algunos muy agresivos y que abandonan el cautiverio para matar.

—Ay, Pedro, ya basta. Cómo van a salir a matar. ¿No pueden salir a otra cosa, sólo a asesinar gente?

—Mira —le muestra un artículo y lee en voz alta una parte—: "Sus crímenes no son producto de la pasión sino de la desesperación. Uno de ellos confesó después de matar a un estudiante en un autobús que necesitaba sentir la experiencia real de matar a alguien".

Sara suspiró.

—Seguro era un obsesivo de los videojuegos sangrientos. Tú te pasabas horas matando vidas virtuales con tus amigos, nunca entendí eso de ir a liquidar enemigos en grupo y presumir sus puntajes...

—Porque tú eres rarita y antisocial.

—Ahora yo soy la antisocial, la encerrada, la traumada, a pesar de que me gusta salir con mis amigas en vez de estar echada en el sillón lanzando bombas o metiendo goles.

—No entiendes.

—No, no entiendo. Pobrecito de ti, solo contra el mundo

—lo empujó fuera de su habitación—. Y no vuelvas a usar mi computadora.

Armando esperaba impaciente en la recepción de la psicóloga que le recomendaron. Se quitó el saco y notó que estaba sudando de nervios, la camisa mostraba dos grandes círculos alrededor de las axilas y decidió ponerse el saco. Extrajo la cajetilla de cigarros y se llevó uno a la boca. La secretaria lo acribilló con la mirada.

—No lo voy a encender, es para calmarme. Debo dejar esta porquería.

Suspiró resignado. Jamás imaginó encontrase en esa situación. Laura debería estar lidiando con los hijos medio psicóticos que le habían nacido. A lo mejor los había sobreprotegido. Él, en su afán de ser mejor padre que el suyo acabó siendo igual, un papá ausente que trabaja todo el día, los ve en la noche, les pregunta si cenaron y se va a dormir. Guardó el cigarro al tiempo que la psicóloga abrió la puerta y lo invitó a pasar. Sin poderse sacudir los nervios de encima le extendió la mano humedecida, ella le sonrió afable.

—¿Vino sin su hijo?

—Sí, quería ponerla en antecedentes.

—A mí me gusta trabajar directamente con ellos sin tener ideas preconcebidas, sin predisponerme.

—El caso de mi hijo es especial.

—Todos los casos que trato aquí son especiales.

—Mi hijo perdió a su madre.

—La muerte de un familiar es dolorosa siempre, no todos estamos preparados para lidiar con eso.

—Mi esposa está viva, él la extravió por textear en su teléfono.

Dicho esto comenzó a narrar los acontecimientos de las últimas semanas. Explicó con detalle los sucesos de la pérdida y recuperación de Laura, los malos entendidos y altercados en el colegio, cómo se quedó sin amigos y sin la chica de sus sueños, y también la marginación y el maltrato por parte de ellos. Su aparente conducta vandálica al sabotear coches y agredir a viejitas, su encierro, su tristeza, su depresión, sobre todo su aislamiento físico y mental, no quiere salir, ni siquiera a ver a su madre, ahora en una clínica por... órdenes del sistema de salud. Terminó la exposición y repasó rápidamente en su memoria por si algo le faltaba. De hecho sacó un papelito del saco donde había anotado los puntos importantes como si fuera una lista de mercado.

—Creo que es todo.

—Gracias por... ponerme al tanto de la situación. Sin embargo, necesito que venga su hijo, no usted, él debe decirme cómo se siente y cómo ve lo que le pasa.

—No sabe lo difícil que ha sido convencerlo. Y aun así no sé si venga. Es un chico conflictivo y a veces violento.

—Como todos a esa edad, créame, no tiene la exclusividad.

—Yo he intentado ser un buen padre.

—No lo dudo.

—Mejor que el que me tocó a mí. Sabe, nunca lo veía, siempre estaba fuera, a veces por semanas. Cuando regresaba a casa me regalaba cualquier cosa, me acariciaba la cabeza y se iba a dormir. Mi madre era un mueble para él, y yo igual. Siempre con su filosofía barata del desapego, de vivir la vida, de ser uno mismo. Un egoísta de mierda, eso era. Yo era su hijo y nunca fue a verme a un partido de beisbol —haciendo una pausa—, era muy bueno, el entrenador iba a hablar con él para enviarme a un campamento de ligas menores con la posibilidad de que alguna escuela de fuera del país se interesara por mí. Parador en corto, primera base, gran brazo tenía. Nunca firmó el maldito papel, me dijo: "La vida es un juego, pero jugar para ganarte la vida no te lleva a ningún lado". No sabe cuánto lloré, desde ahí me amargué, decidí nunca más jugar ni ser como él. Al final estudié la misma carrera que mi padre, fue la primera vez que lo vi contento conmigo aunque no asistió a mi graduación. Parecía yo un huérfano y mi madre viuda.

Se le rasgaron los ojos e hizo una pausa que la psicóloga aprovechó:

—Puedo recomendarle a un colega, trabaja con adultos...

—Déjeme terminar —lo dijo enfático—. Mi madre se murió, de tristeza yo creo, un día después de que celebramos que yo había conseguido un buen empleo se fue a dormir y ya no despertó. Nunca conoció a Laura, mi esposa, ahora recluida en una clínica especial porque está enferma de olvido, ni a mis hijos, ni compartió conmigo nada. Y como una maldición quedó él: "Hijo, la vida es dura pero eso nos curte, cuánta falta nos hará tu madre". Después del velorio sólo lo veía para las fiestas de los niños y Navidad. Sin embargo, yo me esforcé por ser el mejor padre y esposo, por asumir mis responsabilidades cabalmente. Y de nada valió el sacrificio, el desear lo mejor para mi familia, como si tuviera una mala estrella flotando sobre mi cabeza: mi esposa se enferma, mi hijo se encierra, y Sara, bueno, Sara es Sara. Ahora se me está revelando, quiere atención, ella también existe, dice. Como si estuviera maldito, caray, sí le hago caso. Debe entender que su hermano me necesita más. Sara es fuerte, es muy madura, como todas la mujeres, ¿qué no? "Hechas de otro barro, aguantan de todo. Nomás que a nosotros nos tocaron las débiles, las enfermas, las podridas" según mi padre —tomó un pañuelo desechable y se limpió las manos que no le paraban de sudar.

—Señor Gálvez, ¿cuántos años tiene su hija?

—Catorce. Déjeme terminar de explicarle, por favor…

Resignada a que debía dejarlo hablar asintió con la cabeza y Armando prosiguió:

—¿Sabe qué es lo peor de esta situación?

—No, dígame.

—Yo resulté igual o peor que mi padre. Encerré a mi mujer cuando podía haberla dejado en casa, por lo menos un tiempo más con ayuda especializada, cerca de sus hijos. Yo decidí lo que era mejor para ellos, sin consultarlos, poniendo como excusa el sufrimiento de ver el deterioro de su madre. Soy igualito a mi padre, un egoísta que piensa que estando bien él el mundo marcha, pero ahora estoy lleno de remordimientos, y aunque intento ser paciente, bueno, me carcome esto, de pronto no puedo ni verlos y me ausento más y cuando los veo sólo los regaño. Estoy frustrado, no sé qué hacer…

—Podría comenzar por decirles la verdad: internó, que no encerró, a su esposa porque ninguno de los tres estaba en condiciones de cuidar de ella.

Armando carraspeó un poco al entrar en consciencia de sí mismo y se sintió un poco apenado. ¿En qué momento se le ocurrió ponerse sentimental con la posible psicóloga de su hijo, bajar la guardia y contarle cosas? Se puso de pie y avergonzado de sus actos evitó mirarla a los ojos.

—¿Puedo agendar una cita para mi hijo?

—Por supuesto, mi asistente tomará los datos. Si gusta también puedo proporcionarle la tarjeta de un colega para que lo trate a usted.

—¿A mí?

Nervioso recibió la tarjeta, fue amable y la guardó sin mirarla en el bolsillo del pantalón. Ella seguro lo percibió como a un pobre diablo medio enloquecido que no sabe qué hacer con su familia, con su trabajo, con su vida...

—Una recomendación, señor Gálvez, no juzgue a sus hijos —ni a nadie, debió decirle—, escúchelos, permítales hablar. No suponga nada hasta que ellos cuenten su versión, no se trata de ponerse en su lugar sino de comprender lo que les pasa. A esa edad todo es una tragedia, son arrebatados, inmediatos, algunos hasta violentos. No son individuos completos ni hechos del todo como usted y yo, por eso necesitan tanto estar rodeados de gente para reafirmarse. Vivir en grandes o pequeños grupos es su única fortaleza. La familia es su primer grupo y si ahí no se desarrollan bien comienzan a dudar, a buscar, a fallar. Ojalá también usted se decida a tomar terapia, no es bueno vivir con tanto rencor dentro y con ese sentimiento de que nada bueno puede sucederle. En el fondo su padre era más fatalista que optimista y esos aprendizajes se heredan como el color de los ojos o el tamaño de las manos.

La psicóloga lo acompañó hasta la puerta de su consultorio. Armando le sonrió cortés y volvió a estrecharle la mano que permanecía sudorosa.

Rosa escuchó el timbre y fue abrir.

—Pedro Gálvez, ¿está?

—Sí. ¿Quién lo busca?

—Traemos un pedido para él, necesitamos que nos firme esta hoja y que nos diga dónde dejamos la mercancía.

—Pedro —gritó—, Pedro, te buscan.

Él se encontraba leyendo *La metamorfosis* en ese momento en el que el personaje, desde su nueva condición de bicho y "atrincherado en su habitación", examina su nuevo mundo. Estaba tan a gusto que le dio pereza contestarle a Rosa, seguro era para avisarle que ya se iba o algo así. Siguió sumido en la lectura. Le parecía inaudito estar a las seis de la tarde tumbado en la cama con un libro en la mano e intrigado por saber qué le iba a pasar a ese Gregorio y a su penosa familia. Compartió por unos instantes la sensación que seguro Sara experimenta cuando lee. Por alguna extraña razón, cuando uno lee no se siente solo, ni aburrido, tampoco con el estrés de los videojuegos que le tensan a uno el cuerpo y lo retan a una competencia sin final para demostrar quién es el mejor. Llevaba una hora leyendo y ni cuenta se había dado. Por otra parte, se identificaba un poco con el personaje. ¿Qué le pasa? ¿Será que cualquier encerrado, sea cual sea la naturaleza de su aislamiento, lo ablanda, lo estremece? A lo mejor también él se está transformando, porque cuando habla, explica o intenta que lo comprendan, pareciera que sus palabras, como las de Gregorio en su nueva condición de bicho, les resultaran incompresibles a los otros. Se sentó en la cama al escuchar por tercera vez a Rosa gritar su nombre. Lo que más escalofríos le dio, hasta donde llevaba leído, fue cuando forzaron la cerradura y descubrieron en qué se había convertido Gregorio… ¿Así lo verá su padre? ¿Su hermana o la misma Rosa que de soslayo lo observa con pena?

—Pedro —el grito fue más fuerte—, te buscan, urge.

—Ya voy —respondió mientras dejaba el libro y se ponía los zapatos.

Rosa lo alcanzó a escuchar y sonriendo le dijo al encargado:

—Ahorita viene.

—¿Podemos ir descargando las cajas? ¿Dónde se las acomodamos?

—¿Cuáles cajas?

—De cerveza.

—Pedro —nerviosa—, ven aquí ahora mismo.

Mientras Rosa iba a por él, los despachadores comenzaron a descargar del camión y a poner las cajas sobre el césped. Sara se despedía de una amiga y de la mamá de ésta, venían del cine. Quedó desconcertada al ver a dos tipos descargar un camión de cervezas en la entrada de su casa.

—¿Habrá fiesta? —preguntó la mamá de su compañera de clases.

—No, esto debe ser un malentendido — le sonrió y se despidió.

Se apresuró a hablar con los despachadores.

—Y esto ¿qué?

—Un pedido para Pedro Gálvez.

—Es mi hermano.

Observó a Pedro quien desde el umbral de la puerta

discutía encolerizado con el encargado y no quería firmar el recibido.

—Yo no pedí nada.

—Mire, joven, aquí está su nombre. Yo no sé quién lo ordenó o pagó, yo sólo tengo que entregarlo. Y fueron muy específicos en no aceptar devoluciones de la mercancía. Además, me dieron esto.

Pedro rehusó aceptarlo, como si aquel sobre contuviera un destino manifiestamente catastrófico, un mal agüero, una noticia que acabaría de hundirlo en la angustia total. Sara tuvo que poner orden y tomando el sobre lo abrió: *Bébeme.* No decía nada más. La palidez de su rostro y el breve silencio después de leer aquello contagiaron al hermano en su desconcierto. Los dos quedaron inmovilizados mientras decenas de cajas de cerveza iban amontonándose como una muralla improvisada en la entrada del jardín y la cochera.

—¿La fiesta va a ser fuera o dentro de la casa?

La voz del encargado de esa pesadilla sacó del asombro a Pedro quien trató de recuperarse.

—¿Cuál fiesta? —preguntó finalmente Rosa, que por la impresión había perdido momentáneamente la voz.

—Bueno, es que son muchas cervezas…

—A ver, joven, aquí debe de haber un error, llévese todo a otro lado, en esta casa no están para fandangos.

—Señora, yo no sé, ahí se quedan, si no hay donde meterlas no es mi problema.

Pedro le quitó el sobre a Sara, cuando vio de qué se trataba sintió un leve mareo que lo devolvió a su inmunda realidad y lo violentó.

—Esta estúpida, idiota, no se va a salir con la suya.

Salió a detener aquello insultando a los despachadores que sin hacer caso seguían bajando cajas, invadiendo su espacio. Finalmente, desesperado, les suplicó a los tres hombres:

—Por favor, llévenselas, se las regalo. Si mi papá llega ahora, me mata.

—Para qué anda organizando fiestas sin permiso. No las deje mucho tiempo al sol, se le van a quemar.

El camión arrancó haciendo un ruido estrepitoso. Los vecinos comenzaron a recorrer sus cortinas con sigilo para entrever lo que estaba sucediendo y Pedro notó todas esas miradas sobre él apuñalándole la conciencia otra vez. Enfurecido abrió una caja de cervezas y comenzó a lanzar las botellas al camión, cada lanzamiento iba acompañado de algún insulto. Siguió sin parar abriendo cajas y tirando envases. La calle comenzó a centellear por el contacto del sol sobre los cristales rotos. Pedro estaba poseído de una rabia inusitada y Sara temió acercarse. Rosa fue por una escoba y un recogedor, ante aquel desastre poco podía hacer antes de que apareciera Armando.

—Válgame la Virgen, el muchacho se volvió loco. A lo mejor está enfermo como su mamá, niña.

—No digas tonterías, Rosa, es otra cosa. Déjame ver si lo controlo.

—Ni te le acerques, se le metió el diablo.

—Vigílalo. Voy hacer una llamada.

Rosa se sentía impotente y no soltaba la escoba, no fuera el muchacho a echársele encima. Pedro siguió maldiciendo y arrojando los envases, uno tras otro como si fueran pedazos de una ira acumulada, o de impotencia, o de desesperación; la vida, la que una vez fue suya, se le estrellaba contra el concreto, y por más que diera golpes o intentara romperlo era imposible. Sara se aproximó con sigilo a su hermano, que ya con menos fuerza arrojaba las cervezas contra el piso. La calle olía a cantina rancia, a fiesta acabada, a alcohol pasado y viejo.

—Cálmate, Pedro, pareces loco.

—No estoy loco, estoy cansado, harto...

Y comenzó a llorar, se sentó entre las cajas y el pasto. Sara lo abrazó intentando protegerlo de un infierno que, por propio, no tiene guaridas ni cobijo.

—No me va a dejar en paz nunca.

—Verás que sí.

—Me ha elegido.

—No digas tonterías.

La sirena se escuchó a lo lejos.

—Ya alertaron a la policía. Ahora sí me llevan…

—Yo la llamé.

—¿Por qué hiciste eso?

—Me comuniqué con Cantú, es buena persona, si vienen otros oficiales seguro te encierran. Él va a arreglar las cosas, ya hay varios vecinos afuera furiosos, ve cómo dejaste el pavimento.

Al llegar tuvieron que estacionarse a unos metros de la casa por miedo a pinchar una o varias llantas. Cortaron el paso vehicular, y para evitar daños a los autos que transitan por ahí Martínez colocó el coche a mitad de la misma, apagó la sirena, sólo dejaron las luces como preventiva. Un par de hombres se acercaron a los oficiales para quejarse y Cantú ordenó a su compañero controlar la situación mientras él, con asombro, se acercaba a los chicos varados entre montones de cajas apiladas por todos lados.

—Oficial. No es lo que parece —comentó Sara antes de que él emitiera alguna conjetura.

—Pues la verdad, no sé lo que parece.

—Mi hermano no es el culpable sino la víctima.

Cantú le echó un ojo a la mermada figura de Pedro, completamente deshilvanado, como si se sostuviera por un suspiro que no le permitía desvanecerse. La tensión, la ira, la angustia y la fuerza desmedida que usó para romper botellas lo agotaron, quedó sin más energía que la de estar varado dentro de su cuerpo sin ir a ninguna parte, ni física ni mentalmente. Necesitaba recuperarse. Sara, mientras tanto, tomó el control de la situación. Le explicó con brevedad y precisión lo del acoso a su hermano, la ciudad virtual, el chat privado, el hurto de la tarjeta de crédito y el robo de identidad por parte de esa supuesta Alicia o lo que fuera, tal vez un *hacker* o un *hikikomori* de variante perversa. "Un ¿qué?" No se demoró en explicarle sobre aquellos, ya de por sí la historia le parecería por demás inusual o extraña. Le comentó sobre las notas —le entregó la última que decía *Bébeme*—, los chocolates, los cartones de cerveza, el terror de Pedro a abrir su computadora que al parecer creía intervenida. El oficial escuchó con atención y, a momentos, a pesar de su actitud escéptica, intentó mantenerse abierto.

—Demasiado alucinada para no ser cierta.

—Todo es verdad, estas cosas pasan.

—¿Dónde está su papá? ¿Ya le habló?

—No, oficial, preferí llamarlo a usted primero para que controlara la situación, así él no se va a poner duro con Pedro.

—Entiendo. Ya estoy aquí, vaya y búsquelo. Es importante que esté. Yo me quedo con su hermano.

Después de recorrer la librería no tenía decidido aún qué libro llevarle a Sara. Descubrió que pese a saber que le encantaba la lectura no tenía ni idea de cuáles eran sus autores favoritos ni qué tipo de género le gustaba más. Con Pedro fue más fácil, escogió un videojuego de moda que el dependiente le aconsejó: "Es lo último en masacres y los gráficos son de primer nivel. Su hijo va brincar de gusto, acaba de salir hace menos de un mes y nos acaba de llegar justo el segundo pedido". En cambio, llevaba más de media hora dando vueltas entre los libros para encontrar el adecuado para su hija. Se le acercó a una de las encargadas.

—¿Me podría ayudar?

—Sí, dígame.

—Tengo una hija de catorce años y quiero comprarle un libro. En realidad no sé muy bien qué lee.

—Ella ¿cómo es?

Armando nunca esperó esa pregunta pero contestó:

—Diferente.

—Diferente ¿cómo? ¿Gótica, punk, fresa, nerd?

—No sé —al decirlo se dio cuenta de la enorme distancia entre ellos.

—¿De qué manera se viste?

—Normal.

—Pero es diferente.

—Sí —perdiendo la paciencia ante la evidencia del desconocimiento de los intereses de su hija—. No entiendo a qué tanta pregunta si lo que quiero es regalarle un buen libro.

La chica ya no le dijo más y lo condujo a la sección de literatura para jóvenes.

—Mi compañero de esta área lo atenderá. José, este señor busca un libro para su hija de catorce años.

El muchacho era un jovencito regordete y con gripa.

—A ella ¿qué género le gusta?

—No sé —cayó en la cuenta de la cantidad de "no sé" en relación a Sara emitidos en menos de cinco minutos.

—Fantástico, terror, ciencia ficción, aventuras, policiaca, suspenso, drama…

—¿No hay alguno de moda?

—Sí, venga, por aquí están las novedades.

Armando leyó rápidamente los títulos y quedó igual de indeciso.

—Lo dejo para que escoja uno con calma.

—No te vayas, recomiéndame uno.

—Pues este de vampiros se vende mucho. O está este otro de zombis. Este es bueno, son tres novelas de Julio Verne en un tomo. Mire, la edición doble de *Alicia a través del espejo* y *Aventuras subterráneas de Alicia*, en sus versiones originales y con treinta y nueve ilustraciones del autor. Estos dos libros dieron origen a la versión definitiva de *Alicia en el país de las maravillas*. Sí no podría llevar este otro de…

Armando recuperó la sonrisa, ese sí lo conocía y recordaba que su hija era una lectora infatigable de cuentos infantiles cuando niña.

—Me llevo ese.

—¿El de Alicia? Un buen regalo —y estornudó— si a su hija le gusta leer.

Satisfecho con sus compras y con toda la intención de establecer un nuevo diálogo con sus hijos, ser mejor padre, conocerlos más, fue directo a la caja a pagar sus compras. Hacía mucho que no sonreía de esa manera hasta que:

—La tarjeta no pasa, señor.

—¿Cómo?

—Dice fondos insuficientes.

—No puede ser, inténtelo otra vez, por favor.

Lo hizo y el resultado fue el mismo.

—No, no quiere. ¿Tendrá otra tarjeta o prefiere pagar en efectivo?

Revisó su cartera, no traía suficiente efectivo.

—Creo que voy a tener que devolver todo, no alcanzo a cubrir el costo con lo que traigo, ¿podría cancelar, por favor?

—Sí, claro —viendo la preocupación de Armando—. A veces las máquinas no aceptan algunas tarjetas o la banda está dañada.

—No creo que sea eso porque no dice rechazada sino fondos insuficientes. Ya lo checo con mi banco, muchas gracias.

Salió de la tienda y se dirigió al coche entre avergonzado y molesto. Fue cuando sonó el teléfono. Era Sara, él contestó de pésimo humor:

—¿Ahora qué paso?

—Papá, ¿dónde estás?

La voz de su hija lo alarmó un poco.

—Cerca de la casa.

—¿Puedes venir ya? Tenemos un problema…

—¿Con Pedro?

—Sí…

Colgó sin dejar que Sara pronunciara una palabra más y vociferó para sus adentros: "Ya se me acabó la paciencia. Ahora sí va ver de lo que soy capaz". Subió al auto y arrancó enfurecido.

Cantú, con dificultad, se sentó al lado de Pedro que entre los cartones de cerveza se había acomodado como si quisiera que estos le dieran algún tipo de cobijo o lo sepultaran de una vez. Se secó las lágrimas y trató de recomponerse, no quería que el oficial lo viera de esa manera.

—Vaya desmadre.

Se miraron y no pudieron evitar, ante las torres de cajas y el regadero de vidrios, sonreír un poco.

—¿Me va a detener?

—¿Por?

—No sé, ya me han acusado de tantas cosas.

—Ya me contó tu hermana.

—Y no lo cree ¿verdad?, piensa que me inventé todo.

—No se trata de si es verdad o mentira. Sino de por qué estás tan enojado con la vida, muchacho. En vez de pelearte con ella intenta hacer las paces. Nadie la tiene fácil, ¿eh?

—Mi papá, ahora sí, me va querer mandar a un manicomio.

—¿Por unas cuantas cervezas? —Observando su entorno— Bueno, por bastantes cervezas. No creo. Te gusta el drama ¿eh? Dale una chance a tu papá, a lo mejor te sorprende.

—No lo conoce, me va a regañar duro.

—Yo haría lo mismo, que me clonen la tarjeta de crédito porque mi hijo anda de calenturiento viendo porno en línea, entre otras cosas, claro que me... encabrito, pero no por eso lo mando al manicomio.

—También perdí a mi madre y supone que soy un vándalo, un acosador, un agresor de viejitas. ¿Continúo?

—No te eches más tierra. Pensar así no te va a llevar a ningún lado, tampoco te pido que seas la florecita del campo y amigo de todos los niños, hombre, pero sí un poco de actitud.

—Oficial, la verdad que usted ni parece policía —riendo—. ¿Por qué no estudió otra cosa?

—No se pudo. Me tocó ser esto. Al principio sí me enojé mucho con la vida, como tú, luego me hice a la idea y no me ha ido tan mal. Me recuerdas un poco a cómo era yo hace muchísimo tiempo, claro, menos torpe, no me metía en tanto lío. Sabes, cuando te pasa algo así de feo como lo tuyo, la vida te cambia. Yo estaba igual de amargado, me parecía injusto que yo tuviera que pagar por las culpas de otros.

—Sí, eso encabrona.

—A ver, si yo me estoy controlando y tú con esa boca —se rieron—. Te cuento qué me pasó. Mi hermano mayor tuvo un accidente tratando de ayudar a mi papá. Estaba chamaquito, ni a diez años llegaba, se jodió la espina dorsal por querer sacarlo de un pozo. Quedó inválido. Mi padre vendió el rancho y nos venimos a la ciudad para que mi hermano recibiera mejor atención. Al principio la pasé bien, tenía buenos amigos, era muy listo en la escuela, me gustaba leer mucho. Sí, a lo mejor no me crees pero leo ¿eh? Yo quería estudiar para maestro. Pues no, tenía que trabajar porque sólo uno podía tener estudios, y ese debía ser mi hermano porque así paralítico no tenía otra manera de ganarse el pan. A él no le gustaba la escuela, él quería ser policía como el tío Rubén, que era de la federal de caminos. Entonces a mi papá se le ocurrió la brillante idea de intercambiar nuestros destinos, yo sería policía, porque el tío Rubén me podría conseguir una plaza en la ciudad y ayudarme a entrar, y mi hermano, maestro. Él no acabó la carrera, ni se casó ni nada, se la pasa viendo televisión, bebiendo cerveza o dormido. Mucho tiempo maldije llevar esta vida que le correspondía a él y no a mí. Debí haberme impuesto, luchar por lo que quería, no lo hice. Me di cuenta, ya de viejo, de que no me aferré a lo que verdaderamente deseaba y me dejé llevar. Hay muchas formas de estar en un pozo, cuanto menos aceptes que ahí te encuentras, más te hundes en él. A todos nos toca estar alguna vez en un lugar así, unos desde que nacen pero salen, otros después pero también salen, lo importante es cómo logras salir de él.

Tú no te agobies tanto. Te voy a echar la mano, esperaré a que llegue tu padre para explicarle cómo debe proceder por robo de identidad. Dar de baja esa tarjeta, levantar una denuncia…, yo me encargo de él. De lo otro, pues no los entiendo, el internet es como una ciudad sin vigilancia, están desprotegidos, ahí cualquiera puede ser lo que le dé la gana, y aun sabiendo que pueden agredirlos, se involucran.

—Ya qué. Nosotros tenemos pura mala suerte.

—No te pongas así. Algo se podrá hacer. No vas a vivir aterrado todo el tiempo por un loco o loca que te acosa desde el anonimato. No le des el poder sobre ti, son poderosos porque tú lo permites.

Pedro asintió y se incorporó.

—Ayuda a este viejo a levantarse. Caray, cómo me pesan los años.

Lo ayudó a ponerse de pie.

Cantú estaba sacudiéndose el pasto y la tierra del uniforme cuando apareció Armado violentísimo y se fue directo contra su hijo.

—¿Qué es todo esto? ¿Te has vuelto loco?

Y le propinó tremenda bofetada. El labio, que había sido agredido una semana antes, volvió a sangrar ahora con más fuerza. Iba a darle otro golpe pero Cantú intervino a tiempo deteniéndole el brazo. Martínez se apresuró para sujetarlo entre los dos. Pedro lanzó a su padre una mirada llena de tristeza, de decepción, y aprovechó para escabullirse mientras los oficiales intentaban calmarlo. Entró en la casa, Sara quiso consolarlo, Rosa auxiliar de alguna manera, a ninguna hizo caso y se encerró en su habitación. Encendió la computadora esperando encontrar a Alicia.

—Quiero que salga de mi propiedad ahora mismo.

—Estamos en la vía pública y usted acaba de agredir a dos oficiales.

—Por favor, ya deje de jugar al policía bueno.

—Si usted deja de jugar al padre malo. Compórtese, no tenía por qué pegarle al muchacho.

—No sé qué tipo de fijación tiene con mi familia pero lo voy a reportar.

—Haga lo que quiera, pero no iba a permitir que le volviera a pegar a Pedro. Ya le expliqué que no tuvo la culpa, clonaron su tarjeta, señor Gálvez, y le hicieron esta pesada broma a su hijo.

—¿Quién lo puede odiar tanto?

—Por qué habla de odio, puede ser otra cosa. Su hijo se involucró con alguna persona desequilibrada que lo ha estado acosando desde la red. Es la causante de este… caos.

—¿Tiene hijos?

—Tres. Para cualquier padre es complicado criarlos, protegerlos, nunca nos hacen caso. Chicos o grandes es la misma, no paran, como uno, de hacer tonterías.

—Eso no se lo discuto.

Armando se fue calmando. Se sentó sobre unos cartones de cerveza mientras observaba cómo Rosa intentaba despejar la calle acercando los vidrios a la banqueta. Sara se sumó al esfuerzo y entre las dos, junto con Martínez, quien por órdenes de Cantú también barría, finalizaron la tarea. Resultó menos aparatoso de lo que en realidad era. Armando encendió un cigarro y le ofreció otro a Cantú.

—No, gracias, ya lo dejé.

—Yo lo intento —con resignación—, pero como en todo, fallo. ¿Qué voy a hacer con todas estas cervezas?

—Déjelas donde están, mañana ya habrán desaparecido.

—Tengo que arreglar lo del banco.

—Lo primero sería Pedro ¿no cree?, le reventó la boca.

—No sé qué me pasó. No sé qué me pasa últimamente, oficial, yo no era así.

—Pues ojalá no se quede de ese modo, no sé si vuelva a ser el de antes pero lo que es ahora...

Martínez se acercó a Cantú.

—Ya se retiraron los vidrios, es cosa de que el camión de la basura se lo lleve.

—Ya les doy una buena propinita para que lo hagan —comentó Armando intentando deshacerse de los policías—. Gracias, oficiales, si todo está en orden quisiera retirarme ¿o van a levantar algún reporte?

Cantú lo miró directo a los ojos, Armando bajó la cabeza para evitar el contacto. Otra vez sentía vergüenza de sus actos, desde que Laura no está en casa él ha perdido el control de todo, como si estuviera flotando en varias dimensiones personales sin poder unificarse, sin saber equilibrarse y ser, por lo menos, un poco como era antes. Y ¿si eso ya es imposible? ¿Por qué no puede ser mejor y por el contrario va en declive, en pique? Le asusta la idea de perder otra vez la compostura. No puede llegar a casa y descargarse con sus hijos o reprocharle a Cantú o a quien sea el revés de su vida. Siente como si estuviera encapsulado en la calamidad, sin tener cabeza para salirse de ahí y observar el panorama en su conjunto, no debería quedarse clavado en ese fatalismo inmundo, heredado o asumido por convicción.

—Nosotros ya nos retiramos pero, escúcheme, si me entero de que se sigue desquitando con sus hijos —al decirlo miró a Sara—, ahora sí que levanto cargos por violencia doméstica. ¿Me oyó?

—No volverá a suceder. Estoy muy apenado. No soy ese tipo de persona...

—Créame, todos somos ese tipo de persona bajo el estrés.

—Hablaré con Pedro, me disculparé —y dirigiéndose a Sara y a Rosa—, mañana me encargo de lo que falte, dejen ahí. Rosa, ahora te pido un taxi para que te vayas a tu casa. Oficiales, me retiro.

—Sin problema.

Lo observaron alejarse disminuido, agotado, como cuando ya no queda más que dejarse arrastrar por las circunstancias y cooperar, se quiera o no, con la causalidad y sus designios. Rosa fue detrás de él con las escobas destrozadas después de una batalla ruidosa, sin aparente sentido. En algún momento de la faena llegó a pensar que estaba barriendo los restos de una familia que desconocía. Quizás era el momento de hacerle caso a sus amigas y renunciar. Ella se reconocía también diferente, cambiada. Llegaba apesadumbrada, triste, y salía abatida y enojada. Eso no era bueno. En su casa el marido le advirtió que no quería saber más de los problemas de esa familia, y hasta sus hijos le reclamaban que pasase más horas consolando a Sara que a ellos. Es inevitable, pensó mientras iba detrás de su patrón, la niña a su lado y tan necesitada de afecto. No debió encariñarse con lo ajeno pero como los ve casi todos los días acaba con la sensación de que son suyos o un poco suyos. Ahora no sabría cómo decirles "Me voy, muchas gracias", porque eso de irse hoy y no volver no es su estilo. Se granjearía mala fama y ya no la contratarían en ningún lado. Lo peor es que los quiere, les tiene cariño. Sin embargo, no puede más, cada día es un sobresalto, una angustia. Si les llegara a pasar algo, con lo violento que es Armando, seguro le echa la culpa y ni se apiada. En realidad él no era tan duro, ni tan ensimismado, cuando se perdió Laura se extravió junto a ella.

Acomodó las escobas en el patio de servicio. Se lavó las manos con cuidado por si alguna astilla de vidrio se le hubiera adherido mientras barría. Se arregló el pelo en el pequeño baño de servicio. Suspiró y dejó ahí cierta esencia suya. Ya no iba a regresar, algo en ella se rompió junto con todas esas botellas, entre los cristales rotos se quebró una parte suya. No puede seguir demorándose más en esa familia, ella tiene la suya, la esperan en casa. Hay tragedias que no se pueden compartir aunque se quiera. Salió dispuesta a comunicarle su decisión a Armando, le argumentaría que a su marido le molesta que trabaje tanto, o mejor que está enferma y necesita reposo. Debe inventarse un pretexto porque comentarle que ya no aguanta tanta pesadumbre sería un golpe muy fuerte. Les recomendará a alguna otra señora para asistirlos en la casa, aunque mienta, ninguna conocida desea trabajar ahí. Si con Laura era difícil, ahora con el hijo medio loco, atrincherado y problemático, es casi imposible. Seguro que Consuelo, que ayuda a los vecinos de al lado, ya corrió la voz: "La policía no deja de visitar la casa. Han de ser unos maleantes".

Armando en la cocina se sirvió agua —tenía la boca tan seca como todo en él, tomó dos vasos y la sensación de resequedad no cedía—, después llamó al taxi que llevaría a Rosa a su casa. Ella apareció de pronto, al verla entrar con sus cosas y una pequeña bolsa negra, donde seguro llevaba algunos efectos personales, lo supuso.

—Rosa, ya vienen por usted —sacó de la cartera dinero, le dio lo que le quedaba, era mucho más de lo que el taxi podría cobrarle—. Tome y muchas gracias por todo. Esta casa siempre la recibirá por si alguna vez regresa.

—Señor, yo…

—No hay más que decir. Comprendo. No sé si le deba algo.

—No, ya me pagó la semana pasada y esto es mucho —quiso regresarle el dinero.

—Por favor, sé que es nada en comparación, pero… —se le quebró la voz— acéptelo.

Rosa guardó el dinero en su bolsa y al hacerlo vio a Sara en el umbral de la puerta, sin expresión, observándola como si en ese vacío no pudiera despedirse o no entendiera bien la situación. Así que simplemente le dijo:

—Rosa, antes de irte me haces un tecito.

—Cómo no, mi niña, ¿de qué lo quiere?, ¿de manzanilla?, ¿de hierbabuena?, o ¿de tila? No, mejor le voy hacer un atolito para que se le pase el susto.

—Martínez, baje esos cartones de cerveza de la unidad ahora mismo.

—Cantú, si se los van a llevar, para mañana no va haber ni uno. Qué más da unas cuantas cajas, son para compartir con los de la estación o para llevarnos unas a la casa.

—Somos la ley, no se espera eso de nosotros. Por eso piensan de uno lo que piensan. Imagina a los vecinos ahora cuchicheando porque ya te vieron echar la cerveza a la patrulla. Ya los oigo: borrachos, irresponsables y ladrones.

Martínez, perdiendo el control por primera vez en los muchos años que llevaban de pareja en esa zona, le dijo:

—A ver, Cantú, ya bájale, me tienes hasta la madre, y mira que soy paciente. Ellos pensarán eso lo haga o no. Todo el mugriento país nos tiene por lo peor de lo peor. No importa si hay gente honesta, nos corrompen, eso dicen. Nos ven como la escoria, Cantú, ¿no te das cuenta? Tome las cervezas o no, ellos ya supusieron que el pobre infeliz y su familia, a quien tomaste cariño, nos acaban de sobornar, nos dieron dinero para hacer caso omiso de la escenita que montó el muchacho. Cantú, ubícate, somos mierda para ellos, no los vas a hacer cambiar de opinión. Por eso otros compañeros claudican, porque son agredidos todo el tiempo, si te les acercas corren, si dices algo te insultan, obstruyes la verdad, te mueve el dinero, puro recelo, puro maltrato. Jamás van a aceptar que ellos también tienen la culpa, que nos van comprando, que nos siguen forjando con su "cómo nos vamos arreglar". Si ellos lo dicen está bien, si uno lo dice somos el asco, eh, porque aquí todos estamos bien podridos. Nadie nos ofrece el beneficio de la duda, nadie. Entonces no queda otra, si me ves como un puerco pues me voy a portar como tal... Tú no vas a poder cambiar eso por más bien que hagas tu trabajo, eres un, como les dicen... un idealista.

—Martínez, se predica con el ejemplo.

—Ni madres... —le gritó enfurecido.

—¿Es que no entiendes? No me importa lo que los otros piensen, hay que hacerlo por uno mismo. De uno en uno se suma. Igual con el tiempo alguien lo nota y las cosas cambian... Tomar conciencia, tener convicciones.

—Pues no, trágate esas palabras tú y que te hagan provecho. Que te quede claro, no bajo las cajas, es más, me voy a llevar todas las que quepan en la cajuela. Si no te gusta que patrulle contigo, pide cambio, nadie te aguanta. Seguro te mandan a hacer trabajo de oficina hasta que te jubiles. ¿Sabes qué?, es lo mejor para ti, porque eres un caduco y estás muy viejo para seguir queriendo hacer "tu justicia" en las calles. No eres mejor que nosotros, no lo eres...

Martínez dio tremendo portazo y fue por más cartones de cerveza. Cantú se bajó del auto, le convenía caminar, si se quedaba ahí terminarían en una discusión que fragmentaría la amistad, ahora endeble, forjada por los años. Quizás era hora de jubilarse, mañana mismo comenzaría con el papeleo. Sólo uno habita su propio infierno, ese nunca se comparte, en cambio todos quieren compartir el paraíso si es que existe.

Por última vez echó un vistazo a la casa de los Gálvez, Rosa iba saliendo para tomar el taxi. Se demoró en marcharse porque el chofer, ayudado por Martínez, subía algunos cartones de cerveza a su vehículo. Sonrió de lado "cada quien en lo suyo, cada cual por lo suyo, carajo, en qué momento perdimos el sentido de comunidad y nos quedamos chiflando solos en loma". Cerró su chaqueta, hacía algo de fresco y comenzaba a caer despacio, y sin ningún remordimiento, la noche.

La página negra seguía sin dar señales de actividad. Pedro llevaba más de diez minutos esperando paciente a que apareciera alguna palabra clave en la pantalla. Durante ese lapso escuchó, desde su habitación, cómo su padre se despedía de Rosa, le hubiera gustado salir y decirle adiós. En verdad le tenía aprecio, siempre estuvo al tanto de lo que necesitara, ni una sola vez lo cuestionó. Se marchó por miedo a que le hiciera alguna locura, porque ya todos suponían que Pedro pisaba fuerte en los parajes de la sinrazón, fuera de control, acorralado en sí mismo.

Se impacientó ante la nula respuesta de Alicia. Resultaba absurdo seguir esperando, mejor desconectarse, terminar de leer el libro que le prestó Sara. Más tarde, quizás, intentaría poner en su lugar a esa loca. Tal vez, en el mejor de los escenarios posibles ella abdicó de su mundo y se tiró en El abismo. Poco probable, pero la idea de su cuerpo despeñándose para fundirse en la oscuridad profunda y sin fondo del ciberespacio le sacó una sonrisa. No, no sería tan fácil deshacerse de ella, era dura y estaba decidida a hacer de su vida un infierno inagotable y perfecto.

Pese a esos nefandos pensamientos —conducta familiar aprendida—, se notó más relajado, la ira y la frustración habían cedido a pesar de la bofetada de su padre. Armando le provocaba lástima, no ya enojo. Y relativizando, el no encontrar a Alicia inmediatamente le benefició porque pese a sus intenciones de ponerla en su lugar no llegó desbocado a maldecirla, a irritarla. Recordó, entonces, las palabras del oficial que le habían calado hondo: tú le das el poder, tú se lo quitas. Era verdad, él permitió que ella se inmiscuyera en su vida controlando, le dio acceso a sus cosas, a su intimidad; como se lo dio a todos sus amigos o conocidos que hicieron del incidente de su madre su fosa. Él lo permitió siguiendo sus posts, sus conversaciones, los videos, tratando de darles explicaciones, usando aplicaciones con el fin de degradarlos, obsesionado con recuperar su amistad o el cariño de María, que si hubiera sido suyo no se hubiera esfumado, por el contrario estarían ahí a pesar de todo. Pedro les otorgó poder cuando comenzó a proceder de la misma manera en que estaba siendo atacado, les dio la razón y se convirtió en el monstruo que las redes sociales hicieron de su persona. Nadie reconoció en verdad lo que estaba pasando, nadie lo vio a él, a Pedro. Se quedó sin nombre, lo despersonificaron para convertirlo en el acosador, el vándalo, el que no tiene madre, el perverso, el loco, el maleante, el egoísta. Así, a la distancia, sin ningún remordimiento, sin involucrarse, agredirlo y ser objeto de sus burlas.

No más, no iba a hacer lo mismo ahora, enfrentaría a la supuesta Alicia pero no para recriminarle sus actos, porque él fue quien robó la tarjeta de crédito de su padre para pagar pornografía, como después fue de sitio en sitio buscando dónde encajar inventándose un doble que, sin ser siniestro, le regresó lo más patético de sí mismo. Pedro se lo buscó todo, se ganó cada pedazo de miseria que ahora recoge en cualquier parte. Seguía enfurecido, deseoso de romperle la cara a alguien, como se la han roto a él ya un par de veces, descargar de alguna manera su resentimiento; pero lo reconoce como suyo, suyo nada más. Ningún rostro, siendo así, servirá para aplacar su ira porque le nace de adentro: son sus remordimientos, su rencor. No desea sentirse así, mas no puede dejar de sentirse así, necesita encajar en algún lado, encontrar su lugar, cerrar los ojos y que desaparezca esa pesadilla.

¿Estará tan desesperado como Gregorio para cambiar radicalmente de condición? ¿Para ser un extraño ante sus familiares? ¿Para vivir de otra manera y buscar un final de acuerdo a esa elección? Él no es un bicho, no en el sentido literal de la transformación que ha horrorizado a la familia Samsa, comiendo desperdicios y viviendo en la inmundicia, olvidándose de su condición de ser humano y mutando en otro ser que lo saque del infierno de la cotidianeidad. Tampoco es un *hikikomori* que optó por sumarse al ciberespacio y rechazar su naturaleza humana. Criatura cibernética, como Alicia, rondando los paisajes eléctricos de la hiperrealidad. No, Pedro no busca nulificar el cuerpo o el contacto para avanzar en la escala de una evolución que se antoja el principio del ocaso de las relaciones personales. No es un bicho ni una criatura de sangre binaria recorriéndole las venas. Y si está infectado de algo es de su propio rechazo, de no aceptar quién es y cómo es. Por eso quiso ser Iván, el terrible, un avatar que ocultara su derrota, el maltrato de sus compañeros y la descalificación de la que es objeto. Jamás se imaginó del otro lado de los insultos, él que se creía el centro del mundo.

Se avergüenza porque mientras exista ese doble maldito le recordará que de alguna manera sucumbió a la tentación de despreciarse, porque les dio el poder a los otros para hacerlo sentir un paria, una isla a la deriva, un pozo, una fosa, un infierno, un cataclismo. Tiene que hacer algo, recuperar el control no es igual que recuperar el poder sobre sí mismo, y para eso debe eliminar a Iván, el terrible, erradicar cualquier imagen que lo aleje de quién es realmente, sacarse las miradas de los otros del cuerpo y aceptarse otra vez sin menospreciarse. No está marcado, lo han marcado contra su voluntad, y si él no lo asume, eso no existe, no podrá dañarlo. Porque él es Pedro, gústele a quien le guste.

La cámara de la computadora estaba encendida, no se percató de ello, quién sabe desde cuándo Alicia estaría observándolo oculta en su guarida. No se violentó, necesitaba guardar la compostura para darle batalla.

—Déjame entrar.

El chat seguía inhabilitado.

—Entonces, nunca sabrás cómo hubiéramos terminado tú y yo.

Bastó que enlazara en la oración sus destinos para que ella reaccionara y permitiera el acceso. Al final todos buscamos a alguien, no nos gusta estar solos. Pinchó la palabra *Entra* e inmediatamente el cursor verde lo esperaba.

Tenemos que hablar.

El cursor naranja seguía sin aparecer. Pedro no pretendía un monólogo ni un soliloquio, porque si Alicia no daba señales de vida él no estaba dispuesto a escribir con la sensación de lanzar recriminaciones a un muro opaco. Recapacitó ¿recriminarla?, eso sería peor, si la enfurecía nuevamente quién sabe de lo que podría ser capaz. Decidió esperar un poco. El silencio negro seguía inmutable pero por lo menos ya estaba dentro. Se relajó y se reclinó sobre la silla, contaba con todo el tiempo del mundo, no iría a ninguna parte aunque los minutos se comportaran como maniacos y no avanzaran a la velocidad debida, intentando arrancarle un arrebato. Cerró los ojos, ahora no para evadirse sino para recuperarse. Estaba tan cansado. El labio le había dejado de sangrar, en su lugar una mancha morada, futura costra, le daba un carácter de chico malo que acaba de salir de una pelea. Se tocó el labio suavemente. Hizo un leve gesto de dolor y fue cuando Alicia comenzó el diálogo:

¿Quién te hizo daño?

Tú eres la responsable.

Fue tu padre, es violento, no se controla...

¿Cómo crees que se iba a poner? Le clonaste la tarjeta e invadiste su casa con montones de cajas de cerveza, lo sacaste de sus casillas... Estás bien mal y eres muy maldita.

Se reprochó haberla ofendido, seguro se enfadó y si eso sucede no sabe qué esperar.

Eres intratable.

¿Yo? Disculpa que no comparta tu opinión.

Ves, no te relajas nunca, era un juego.

¿Un juego? No estás en tu ciudad de mierda, no puedes hacer aquí lo que haces allá. A nadie le divierte.

Por qué siempre me estás ofendiendo, agrediendo.

¿Qué? Yo no te he hecho nada.

Me llamaste fea, acomplejada, y ahora además loca y maldita.

Pedro comprendió que no estaba lidiando con una situación normal, con una pantalla negra de por medio, mediados por la palabra, que de por sí no expresan lo que uno intenta comunicar; estaba en desventaja. Por si fuera poco estaba siendo observado, Alicia podía anticiparse porque le leía el rostro, intuía en sus gestos lo que las frases ocultan, manipulan o mienten; mientras Pedro estaba condenado a suponer por los silencios y el tiempo de respuesta de su contrincante —ya había asumido que la vería como a una enemiga de algún videojuego— su estado de ánimo. Controlarse era la única opción, no caer en provocaciones.

No fue mi intención, a veces soy así, inmediato. Discúlpame. ¿Ya estamos bien?

No eres honesto. Te noto falso.

¿Me vas hablar de honestidad? Si eres tú la que no te muestras.

Ya me conoces, soy la chica cara de conejo o el hombre gigante de traje.

Me refiero a la verdadera.

Yo soy ellos y mis avatares son yo. Hace mucho que dejé de ser el cuerpo al que me confinaron y detesto. Lo veo únicamente como un soporte vital que me permite existir en realidades alternas donde soy mucho mejor, plena, alegre, feliz. Sí, en esa ciudad donde habito, ahí donde tú, Iván, el terrible, también serías capaz de ser muy dichoso. No conoces las posibilidades que te permite la mente, ahí todo es posible, se potencian las emociones, solamente el límite es tu imaginación. Puedo darte cualquier cosa que desees…

Sólo quiero que me dejes en paz, que me prometas que ya no me harás nada.

No has conocido ni por asomo ese mundo sin dolor, sin maltrato. Hay tantos que podrían ser tus amigos en verdad, no los que te quitan la chica que te gusta, ni se burlan de tus defectos o no soportan tu inteligencia o tu manera de ser. A pesar de nuestras diferencias, entre algunos de nosotros, somos un espacio amable.

Que sea amable no quiere decir que no sea detestable y triste. Mírate, ya que yo no puedo hacerlo, suplicándome que me quede en esa ciudad donde dices estar rodeada de felicidad y amigos. Te puedes disfrazar de lo que quieras, aparentar ser cualquiera, inventar que posees todo lo posible, imaginarte y mostrar una vida fabulosa, pero al final, cuando te quedas sola, completamente sola, sin público a quien engañar, sabes que estás jodida, triste y aburrida de ti misma, con la certeza de que eres la única a la que no puedes mentirle.

¿Así me ves?

Yo no veo a ninguna persona sino a una chica con cara de conejo o a un lento y pesado hombre de traje gris. Dime ¿quién eres?

Pensé que en verdad querías ser diferente.

Yo no quería ser diferente, mi vida me ha hecho diferente.

Nunca serás el mismo de antes, no vas a recuperar nada de lo perdido, incluida a tu madre.

Demoró la respuesta, sabía que lo estaba irritando para que volviese a ser Iván, el terrible.

Lo sé, si no soy un imbécil aunque me porto como tal a veces.

Yo no soy fea ni acomplejada, ni loca ni maldita ¿me entiendes?

A mí no me tienes que convencer, es a ti, yo ni te conozco.

Sí me conoces.

Qué idea se puede hacer uno de una chica cara de conejo que luego se convierte en un hombre de traje gris. Digo, corrígeme si estoy mal, pero estás muy friki...

Me gustas como Iván, el terrible, el que mira las cosas terriblemente.

A mí, no.

El cursor naranja demoró en contestar. La tensión se traslucía en el rostro de Pedro, creyó que la tenía acorralada, con suerte y hasta había bajado la guardia al notarlo ahora menos vulnerable, con más dominio de sí, tranquilo y dispuesto a zafarse de la situación en la que se había metido. Si no la había borrado e ignorado por completo después del incidente de las cervezas fue porque no tenía una idea clara de los alcances de la información que Alicia pudiera tener. Quizás el haber clonado la tarjeta de su padre era una pequeña muestra de sus habilidades cibernéticas y tal vez era capaz de maquinar atrocidades o de seguir jugando bajo unas reglas sádicas y fuera de las normas. Seguro ella, desde hace mucho tiempo, vivía fuera de la realidad y el mundo de Pedro no era sino otro espacio alterno, un patio de recreo para matar su aburrimiento crónico por no aceptar, en el peor de los casos, que era una sociópata o una enferma mental.

Demoraba. La tenía a su merced. Era el momento, le lanzaría alguna frase matadora, algo ingenioso derivado del libro que estaba leyendo para darle una buena sacudida y sacar a la conejo de su madriguera. Fue justo cuando Armando tocó moderadamente la puerta.

—Hijo, perdóname, no sé qué me pasa. No quise hacerte daño. Ábreme, tenemos que hablar. No así sino de frente. Necesito que me escuches.

Pedro se sonrió, su papá últimamente escogía los peores momentos para aparecer o para demostrar su amor destilando cursilería. Por otra parte la escena le pareció una curiosa puesta en abismo, hacía unos momentos él pedía entrar en el universo de Alicia, y su padre, ahora, queriendo entrar en el suyo que sin más es la habitación. Le molestó la idea de estar emparentados en el aislamiento, hermanados por la mediación de los espacios que ocultan o protegen. Suspiró. ¿Le abro o no? Pero el cursor rojo no le dejó detenerse en esa interrogante, Alicia contraatacó, lanzó el reto:

Nos vemos en mi ciudad virtual, debes convencerme de dejarte libre, de llevarte a El abismo…

Armando esperaba detrás de la puerta de la habitación de su hijo. Volvió a tocar. No obtuvo respuesta. Por un momento tuvo la intención de abandonar la idea de conversar con Pedro. Los acontecimientos de la tarde lo agotaron, sin contar con la situación que venía cargando en las últimas semanas. Sí, una carga muy pesada para llevarla uno solo. Pegó su oído a la puerta, escuchaba el sonido de los dedos al chocar con las teclas de la computadora. Insistió:

—Necesitamos hablar, sal, por favor.

Por respuesta un silencio inmutable.

—No me voy a mover de aquí hasta que me abras. ¿Me oyes?

Pedro lo oía, pero ahora no era el momento de arreglar sus diferencias, antes debía recuperarse, poner orden, desterrar esa peste que introdujo en su casa, en su persona. Logró acceder a la ciudad virtual. Los vigilantes le sonrieron de forma extraña, no hubo advertencias esta vez sino unas indicaciones señalando la ruta para acceder a El abismo. No venían solas, las acompañaba un insignificante hombrecito con cabeza de cartón.

—Tengo órdenes de llevarte sin desvíos hasta donde él está.

Pedro, ya en calidad de Iván, el terrible, no pudo ponerse quisquilloso, seguiría cada una de las locuras de Alicia con el fin de liberarse. Después de avanzar algunos minutos en silencio, y tras haber atravesado el centro de la ciudad, tomaron rumbo hacia el horizonte —cuyo final no parecía cercano, sino una línea recta colgada como ilusión óptica a la distancia—, e Iván preguntó:

—¿Ella me espera?

—¿Ella? A mí las órdenes me las dio él.

—Son la misma persona.

—¿Persona? Aquí ese término no se emplea.

—Busco a Alicia.

—¿Alicia?

Desesperado de contar con un guía sin idea alguna, que repetía sus preguntas como si dentro de la cabeza de ese hombrecito extraño las palabras se le escurrieran dejándole un hueco enorme por donde sólo el eco de la voz de Iván/Pedro rebotaba para regresar a su origen, impaciente agregó:

—La chica cara de conejo, ¿dónde se encuentra?

—Ella está de vacaciones.

Iván, el terrible, desorbitó sus ojos descubriendo una interacción con su avatar insospechada.

—Yo he hablado con ella hace poco.

—Sería en otro plano dimensional. Aquí no está.

—Entonces, ¿adónde vamos?

—A verlo a él.

—¿Al hombre gigantesco de traje?

—No, a El abismo.

—Pues apúrate —irritado—, me urge que me corten la cabeza.

El guía se puso nervioso y le señaló con el dedo que se callara. Pedro desde la pantalla lo único que deseaba era salir de esa locura. ¿Qué estará tramando Alicia? ¿En qué juego de desdoblamientos lo ha metido? ¿Es ella, además, El abismo? Y él que lo suponía un espacio, un sitio, ahora resulta que es un avatar, un personaje más de la desquiciada esa. Por si fuera poco, su padre, insistente y con un tono lastimero, no paraba de hablar:

—No fue mi intención pegarte, últimamente hago las cosas impulsivamente. Reacciono como si el mundo confabulara en mi contra y quisieran agredirme, como si sólo tuviera enemigos. Estoy enojado, Pedro, lleno de rabia. Me quema por dentro un fuego que lo seca todo y me deja vacío de sentimientos. No he venido a justificarme, he venido a decirte que intento ayudarte, acercarme a ti. Lo de tu madre fue un accidente, pudo sucederle también a Sara o a mí. Quiero entenderte y cuanto más me esfuerzo por acercarme más te alejo. Sabes, tengo la sensación de vivir atrapado en mí mismo, como si estuviera en otra parte, fingiendo habitar el espacio donde me desenvuelvo y en realidad mi mente se fuga e imagina otras cosas. No sueño, anhelo. Sí, hijo, anhelo la vida de antes, quisiera que nada ni nadie se hubiera movido de lugar. Los estoy perdiendo, a ti y a Sara, porque yo también estoy completamente perdido, como tu madre, pero yo con los recuerdos y con un futuro incierto.

Sara, sigilosa, escuchaba a su padre que con la cabeza pegada a la puerta de vez en vez daba golpecitos contra ella, como si quisiera tocar con sus pensamientos a su hijo para poder entrar. Sintió pena por él, ahí, desvalido, derrotado, con esa voz de súplica que intentaba borrar los penosos actos de las últimas semanas.

—Pedro, déjame pasar. Voy a seguir aquí hasta que lo hagas.

Pero su hijo no prestaba atención a sus palabras, estaba dividido por dos realidades, de pronto se detenía a escucharlo e inmediatamente después debía alcanzar a ese guía torpe y hueco de nortes por la ciudad inventada. Se impacientó, a Pedro el tiempo en el ciberespacio le parecía no responder a ninguna medida de la realidad tridimensional, nunca sabía con certeza si iban rápido o despacio. Por fin llegaron a una explanada blanca que arrojaba un horizonte menos lejano.

—Ahí está él. Camina en línea recta hasta que lo encuentres.

—¿Cómo es?

—¿Quién?

—Quién ha de ser, El abismo.

—Nadie lo conoce.

—Ninguno de los habitantes ha abandonado esta... ciudad.

—No, aquí se está bien. De hecho nos extraña que alguien se quiera ir. Además, si algún avatar ha dejado la comunidad no hay manera de que vuelva para contarlo —y soltó una risita exasperante.

—Sí, claro.

El hombrecito con cabeza de cartón lo varó ahí sin más explicaciones. Iván/Pedro emprendió el camino. Le urgía llegar adonde se hallara él, ella o El abismo para abismarse y olvidar la pesadilla. Y pensar que imaginó que esos jueguitos ñoños eran inofensivos, si son igual de retorcidos que los videojuegos que Sara tanto le critica. Le vino a la mente María y pensó en aquel tiempo en el que le dio por comprar peces virtuales y criarlos en peceras irreales. A veces llegaba demorada al cine o a los entrenamientos de voleibol porque tenía que darle de comer a sus peces o se morían de hambre y no podría venderlos. Fue subiendo de niveles y la admitieron en el Coliseo de peces gladiadores donde enfrentaban, en batallas terribles y a muerte, a los peces que iban entrenando para ese fin. Ganaban dinero virtual o algún un pez gladiador más poderoso y sanguinario. En su momento eso le pareció una soberana estupidez, ¿quién se pone a jugar eso? Más tarde se enteró de que otros amigos cercanos, y el mismo Jaime, su examigo del alma, estaban enajenados con las batallas de peces asesinos.

Y ahora él metido en una cosa parecida o más perversa, donde no tiene ni idea de quién lo acosa, si él, si ella, o quién. No cabe duda de que, así como cada quien oculta sus secretos también guarda bajo llave sus *guilty pleasures* en la red. Esos juegos que en su aparente cordialidad, con sus gráficos insulsos y sus melodías baratas, atrapan, obsesionan, seducen y controlan de maneras extrañas o misteriosas haciéndote pensar que sólo es para pasar el rato. Ese debe ser el juego de los programadores y creadores de esos espacios "lúdicos", jugar con los que juegan su juego. Eso es Alicia, seguro, por eso él, aunque ha intentado dejar más de una vez su avatar en el olvido, vuelve sin remedio, intrigado por alguna nueva propuesta de quien desde el anonimato lo reta a seguir adelante. Se frotó los ojos, estaba cansado pero no debía claudicar y siguió moviendo su avatar hacia delante.

—No sé en que momento dejé de tomarlos en cuenta. Yo creo que desde que supe que su madre estaba enferma. La idea de que nos olvidara me desarmó. Imaginé que trabajando sin descanso iba a evadir la situación, les delegué esa responsabilidad y me escondí en mi enojo. Pedro, no puedes seguir encerrándote, tú no eres como yo, eres mejor, mucho mejor. Que no te arrastre esta fatalidad, esta idea de que estamos hechos para la tragedia. ¿Sabes? No tengo cara para decirles lo que hice con tu madre, pero ya no puedo más. La trabajadora social nunca dispuso que ella fuera a una institución especializada, me dieron a elegir entre tenerla en casa o internarla. Yo me deshice de ella y los usé a ustedes como escusa. Yo era el que no soportaba más la situación, yo, Pedro, que no tú, yo soy el único responsable de que perdieras a tu madre y de que hayas pasado por todo ese infierno; de que Sara esté triste y acongojada siempre, de que piense que no la tomo en cuenta, de que no la veo, porque se me cae la cara de vergüenza y porque además no los conozco, no sé qué pasa en sus cabezas...

Pedro detuvo la caminata, hasta ese momento inútil, en busca de El abismo y ante la confesión de su padre estuvo a punto de dejarlo entrar, si no fuera porque a la distancia distinguió un punto oscuro que tal como se acercaba iba tomando forma. Apretó el paso.

Armando, liberado, se sentó a un lado de la puerta y se apoyó en la pared. Sacó un cigarro y lo llevó a la boca.

—Mi mamá te tiene prohibido fumar en casa.

Sara le advirtió mientras se sentaba a su lado.

—Sí, es verdad —guardó el cigarro en la cajetilla—. Debo dejar esta porquería.

Quedaron unos segundos sin decirse nada. Sara recargó la cabeza en el hombro de su padre:

—Ya sabíamos lo de mamá.

Sorprendido.

—¿Por qué no me dijeron nada?

Sara levantó los hombros como respuesta. Armando la abrazó con mucho cariño, llevaba tiempo sin hacerlo. Los dos se quedaron así unos minutos.

—¿Sabes qué? Vamos a darle un poco de espacio a tu hermano. Cada quien va a su paso. Y tú y yo salimos a cenar un ¿*hot dog*?

—Odio las salchichas.

—¿Hamburguesas?

—Bueno.

—Tenemos que ponernos al día, Sara. Para empezar dime ¿qué libros te gusta leer?

Pedro, ajeno a lo que sucedía tras la puerta, apretaba frenético el botón del *mouse* para llegar a esa figura que tal como se aproximaba iba tomando forma. No lo podía creer: era la chica cara de conejo. Lo miró con sus ojos rojos y movía los bigotitos de forma desesperante.

—Sorprendido.

—No debería —y se sentó a su lado—, contigo cualquier cosa es posible. ¿No estabas de vacaciones?

—Es mi ciudad, y yo puedo decir y hacer lo que me dé la gana.

—Hubiera preferido encontrarme con el hombre gigantesco de traje.

—¿Por?

—Me parece menos psicótico.

—Eres insoportable.

—Por eso quiero que me cortes la cabeza y me tires a El abismo.

La chica cara de conejo comenzó a reír de una forma tan estrepitosa que se le deformaba el rostro y le confería un aire grotesco.

—Debo cambiar esa frase tan dramática. No puedo creer que te hayas tragado todo ese cuento de El abismo y "que le corten la cabeza", en el fondo eres un teto como los que aborreces tanto. La verdad, fue una ocurrencia para darle un poco de misterio e intriga a la ciudad. Por otra parte, todas las naturalezas reales o inventadas aman la violencia.

—¿No existe? Y yo que me tragué esa pendejada.

—A ver, te explico. Sí existe, pero yo no lo he creado. Tú vienes de El abismo, que es la realidad que habitas. Ese plano tridimensional jodido, insensible, lleno de odio, agresivo. ¿Continúo?

—Estás loca o loco, ya no sé.

—Sigues con eso. Ya te dije que soy... plural. Y si ahora estoy con este avatar es para hacerte sentir más cómodo. En fin, El abismo funciona en mi ciudad como un lugar maldito porque nadie quiere abismarse en esa realidad de la que huyen, donde son rechazados o infelices.

—O sea, que así los controlas.

—Yo no controlo a nadie y aquí están por gusto, son plenos, pasan horas desempeñándose como quieren, relacionándose con quien les da la gana, eligen el color de piel o el sexo de su preferencia. Cómo lucir, cómo hablar... no están determinados por normas, etiquetas, edades, creencias, religiones, sino sólo por ellos mismos. No está mal ¿eh? Y no es una mentira, ni yo miento, es simplemente otro modo de vida.

—Pero, no es real.

—La realidad es relativa, y hay muchas. Algunos eligieron esta. Como tú, Iván, el terrible.

—Que me llamó Pedro, no Iván...

—Mientras habites aquí, así te llamaré, vete acostumbrando.

—Estás pero idiota rematada. No me voy a quedar aquí.

—No te voy a dejar en paz. Me diviertes y te quedas conmigo —la chica cara de conejo apretó los puños y adoptó una actitud de niña berrinchuda.

—Tú no tienes poder sobre mí ni me controlas.

—No me menosprecies, tengo habilidades que ni te imaginas.

—Me da igual.

Lo dijo y al decirlo —desde la pantalla observaba la escena con esa extraña sensación de estar en dos dimensiones al mismo tiempo—, le entró un escalofrío que le dobló la espalda.

—No deberías subestimarme.

—Para lo que me importan tus amenazas, ahora mismo me desconecto para siempre de esta porquería.

—El para siempre no existe, nada es para siempre.

—Pero uno lo intenta.

—Volverás, yo haré que vuelvas.

—Pues haz tu luchita porque yo de aquí me largo…

—No eres capaz, si lo haces haré de tu vida un infierno.

—¿Más? Ya me estoy acostumbrando a los demonios. No te tengo miedo.

—Arriésgate y verás, voy hacer que lo pierdas todo.

—Ya perdí lo más importante.

—Sí, a tu madre.

—No, a mí mismo.

Y salió del programa abruptamente sin dar oportunidad a que Alicia, o la chica cara de conejo, o el hombre gigantesco de traje o El abismo pronunciaran ninguna sentencia, blasfemia o amenaza. No se puede vivir con miedo o dominado por los otros, ni en esa, ni esta, ni en ninguna otra dimensión.